中国学术名著丛书

诗经讲义

闻一多

吉林出版集团股份有限公司

图书在版编目（CIP）数据

闻一多 诗经讲义 / 闻一多著 . — 长春 : 吉林出版集团股份有限公司, 2017.2（2022.2 重印）
（中国学术名著丛书）
ISBN 978-7-5581-1918-7

Ⅰ. ①闻… Ⅱ. ①闻… Ⅲ. ①《诗经》—诗歌研究 Ⅳ. ① I207.222

中国版本图书馆 CIP 数据核字（2016）第 297758 号

闻一多 诗经讲义

著　　者	闻一多
出版策划	杜贞霞
责任编辑	王　平
封面设计	映象视觉
开　　本	710mm×1000mm　1/16
字　　数	209 千
印　　张	14.5
版　　次	2017 年 6 月第 1 版
印　　次	2022 年 2 月第 2 次印刷

出版发行	吉林出版集团股份有限公司
电　　话	总编办：010-63109269
	发行部：010-63109269
印　　刷	众鑫旺（天津）印务有限公司

ISBN 978-7-5581-1918-7　　　　　　　定价：48.00 元
版权所有　　侵权必究

目 录

诗经新义

一　好 / 3

二　覃　诞 / 5

三　汙 / 7

四　夭　夭 / 8

五　肃　肃 / 9

六　干　翰 / 11

七　游 / 13

八　楚 / 14

九　枚 / 17

十　麟 / 18

十一　角 / 20

十二　素　丝 / 22

十三　䊷　沱　差池　袘 / 25

十四　缝 / 27

十五　摽 / 28

十六　今 / 30

十七　墍 溉 介 / 31

十八　谓 / 33

十九　抱 / 35

二十　命 / 37

二十一　汜 沚 / 39

二十二　处 瘋 / 41

二十三　唐棣　帷裳　常棣　维常 / 44

诗经通义

周　南 / 49

关　雎 / 49

葛　覃 / 55

卷　耳 / 57

桃　夭 / 60

兔　罝 / 61

芣　苢 / 67

汉　广 / 69

汝　坟 / 71

麟之趾 / 76

召　南 / 78

甘　棠 / 78

行　露 / 81

羔　羊 / 83

摽有梅 / 88

小　星 / 94
江有汜 / 97
野有死麕 / 102
何彼襛矣 / 104

邶　风 / 108

柏　舟 / 108
绿　衣 / 112
燕　燕 / 113
日　月 / 116
终　风 / 121
击　鼓 / 122
凯　风 / 124
匏有苦叶 / 131
谷　风 / 136
旄　邱 / 139
泉　水 / 141
静　女 / 143
新　台 / 145
二子乘舟 / 150

附录　诗律研究

歌与诗 / 155
　　一 / 155
　　二 / 158
　　三 / 162
文学的历史动向 / 166
律诗底研究 / 171

第一章 定 义 / 171
第二章 溯 源 / 172
第三章 组 织 / 182
第四章 音 节 / 191
第五章 作 用 / 197
第六章 辨 质 / 202
第七章 排 律 / 210

诗的格律 / 213
　一 / 213
　二 / 216
诗与批评 / 220

诗经新义

文化論文

一　好

君子好逑　〔《关雎》〕《传》："逑，匹也。言后妃有关雎之德，是幽闲贞专之善女，宜为君子好匹。"《笺》："怨耦曰仇。言后妃之德和谐，则幽闲处深宫，贞专之善女，能为君子和好众妾之怨者。"

公侯好仇　〔《兔罝》〕《笺》："怨耦曰仇。此兔罝之人，敌国有来侵伐者，可使和好之。"

《兔罝篇》一章曰"公侯干城"，三章曰"公侯腹心"，"干城"、"腹心"皆二名词平列而义复相近，则二章"公侯好仇"之"好仇"，亦当为义近平列之二名词。考卜辞辰巳之巳作呂，与子孙之子同，亦或作宁，又与已然之已同，是子已巳古为一字。（子已同源，篆书形复近似，故在后世，其用虽分，而字犹有时相混。《文选·辩命论》注引《韩诗》〔《芣苢篇》〕薛君《章句》曰，"诗人伤其君子有恶疾，人道不通，求已不得"，案求已即求子也。）

子已一字，则好妃亦本一字（《大戴礼记·保傅篇》"及太子少长，知妃色"，《新书·保傅篇》作"好色"，此又好妃相混之例），因之，《诗》之"好仇"字虽作好，义则或当为妃。

仇，匹也，好训为妃者，妃亦匹也，故《诗》以"好仇"二字连用，而与"干城"、"腹心"平列。

"好仇"之语，经传亦有直作"妃仇"者。《左传·桓二年》："嘉耦曰妃，怨耦曰仇。""妃仇"当为古之成语，二字平列，不分反正，左氏所说，殆非其朔。

字一作"婓"勼。《太玄》五《内》初一"仅干婓勼"，范望注曰"勼，匹也"，《释文》曰"婓勼古妃仇字"。一作匹俦。曹大家《雀赋》"乃凤皇之匹俦"，曹植《赠王粲诗》"哀鸣求匹俦"。妃与匹，仇与俦，声义并同，"匹俦"与"妃仇"实一语也。又作疋俦。《古文苑》杜笃《首阳山赋》"州域乡党亲疋俦"。妃仇，婓勼，匹俦，疋俦，字有古今，义无二致。要皆"好仇"之云仍耳。《兔罝篇》"公侯好仇"，即公侯匹俦，逑仇古通，《关雎篇》"君子好逑"（鲁、齐《诗》并作"好仇"），亦即君子匹俦也，《关雎》传曰"是幽闲贞专之善女，宜为君子好匹"，似读好为形容词，失之。

《关雎》、《兔罝》两笺更牵合怨耦曰仇之义，而读好为动词，尤为纰缪。惟《学斋佔毕》二引《尚书大传》微子歌曰："麦秀渐渐兮，禾黍油油，彼狡童兮，不我好仇。"虽用为动词，与《诗》微异，然以二字平列，则犹存古语之义，用知此歌之传，由来旧矣。（《楚辞·九怀·危俊篇》曰"觅可与兮匹俦"，亦用为动词，《大传》之"好仇"即《楚辞》之"匹俦"。）

二 覃 诞

葛之覃兮　〔《葛覃》〕《传》："覃，延也。"
何诞之节兮　〔《旄邱》〕《传》："诞，阔也。"

覃，《释文》本亦作𦰤。《仪礼·乡饮酒礼》《燕礼》两郑注《释文》，《礼记·缁衣》郑注《释文》，张参《五经文字》，唐元度《九经字样》并云葛覃本亦作𦰤。蔡邕《协和婚赋》"葛𦰤恐其失时"，陆云《赠顾骠骑诗》"思乐葛藟，薄采其𦰤"，字亦并作𦰤。

案覃为𦰤之省，𦰤即藤声之转。（藤字《说文》所无，始见《广雅》。）𦰤从覃声，藤从滕声，滕从朕声。朕声字每与覃声字通。（朕在蒸部，覃在侵部，声类最近，例得相转。）

（一）（《考工记·弓人》"挢角欲孰于火而无燂"，故书燂或作朕。（二）《方言》五"槌……其横关西曰椺"，注："县蚕薄柱也。"《说文·木部》："橝……一曰蚕槌也。"藤之为𦰤，犹朕之为燂，椺之为橝矣。（《方言》八："鳲鸠，……东齐、海岱之间谓之戴南……或谓之戴胜。"戴胜谓之戴南，亦朕声字转入侵部之例。覃南声类同，《释文》覃徒南反。）

葛之覃即葛之藤耳。陆云诗"薄采其𦰤"，正谓采其藤，若如《传》训覃为延，则陆诗为不辞矣。

《旄邱篇》曰"旄邱之葛兮，何诞之节兮"，诞亦藤声之转。知之者：诞与覃通。《葛覃》传曰"覃，延也"，《大戴礼记·子张问篇》"入宫修业，居久勿谭"，卢注曰"谭，诞也"，《伪书大禹谟》"诞敷文德"，亦作覃敷，并其比。覃与藤通，又与诞通，是诞亦可通作藤，此其一。延有长义，因之物之弱而长者，其命名多从延受义，《广雅·释器》曰"鞓，带也"，《家语·正论篇》"加之以纮綖"，王注曰："缨屈而上者谓之纮綖。"藤谓之诞，犹带谓之鞓，缨谓之綖矣，此其二。

节者，《节南山》传曰："节，高峻貌。"案山之高曰峻，草木之高亦曰峻。（《楚辞·离骚》"冀枝叶之峻茂兮"，《淮南子·览冥篇》"山无峻干"，《新序·杂事篇》"玄居桂林之中，峻叶之上"，《汉书·司马相如传》"实叶叶葰茂"。）

峻节一声之转（真，屑阳入对转），故山之高曰峻，亦曰节，草木之高曰峻，亦曰节。高与长义通，因之峻节又并训长。《离骚》"冀枝叶之峻茂兮"，《注》"峻，长也"，《诗》"何诞之节兮"，犹言何藤之长耳。《传》、《笺》既误读节如字，（《说文·竹部》"节，竹约也"），因不得不训诞为阔。不知葛安得有节乎？葛既无节，则阔义自亦无所施矣。

三 汙

薄汙我私 〔《葛覃》〕《传》："汙，烦也。"《笺》："烦撋之功用深，澣谓濯之耳。"

《诗》曰："薄汙我私，薄澣我衣。"私与衣为互文，汙与澣亦不分二义。

汙澣声近对转，汙亦澣也。列三事以明之。

（一）《广雅·释诂》三"瀚，浊也"，瀚与澣同。澣训濯，又训浊，犹之汙训浊，又训濯也。（二）《说文·水部》"湔，一曰手瀚之"，瀚与澣亦同，《战国策·齐策》"以臣之血湔其衽"，注："湔，汙也。"湔训澣，又训汙，此相反为义，明汙澣义本相通也。

（三）《释文》澣本又作浣。（《说文》浣为澣之重文。）《说文·目部》"盱，张目也"，玄应《一切经音义》十九引《仓颉篇》"睆，目出貌"，张目与目出貌义近。汙之为澣，犹盱之为睆矣。

《传》训汙为烦，《笺》释烦为烦撋，良是（烦撋是澣衣之貌。《释文》引阮孝绪《字略》"烦撋犹挼抄也"，《说文·手部》"挼，一曰手切摩也"，挼抄即挼长言之），顾又谓其功用深，则是以为汙之与澣，事有深浅之别，斯为蛇足矣。

四 夭 夭

桃之夭夭 〔《桃夭》〕《传》:"夭夭,其少壮也。"

棘心夭夭 〔《凯风》〕《传》:"夭夭,盛貌。"《笺》:"夭夭以喻七子少长。"

《说文·夭部》:"夭,屈也。"《凯风篇》曰:"凯风自南,吹彼棘心,棘心夭夭。"谓棘受风吹而屈曲也。乐府古辞《长歌行》曰"凯风吹长棘,夭夭枝叶倾,黄鸟飞相追,咬咬弄音声",语意全本《诗·风》,"夭夭枝叶倾"者,正以枝叶倾申夭夭之义,倾与屈义相成也。《桃夭篇》"桃之夭夭"义同。谢灵运《悲哉行》"差池燕始飞,夭袅桃始荣",夭袅即屈折之貌。谢以夭袅易夭夭,亦善得《诗》恉。《桃夭》传训少壮,《凯风》传训盛貌,并失之。

五　肃　肃

肃肃　〔《兔罝》〕《传》："肃肃，敬也。"《笺》："兔罝之人，鄙贱之事，犹能恭敬，则是贤者众多也。"

肃当读为缩（《豳风·七月》"九月肃霜"，《传》"肃，缩也，霜降而收缩万物"，《周礼·甸师》"祭祀共萧茅"，郑众注"萧字或为茜，茜读为缩"，《仪礼·特牲馈食礼》"乃宿尸"，注"宿读为肃"），缩犹密也。

《易林·丰之小过》曰"网密网宿，动益蹙急，困不得息"，是其义。字一作数。（《周礼·司尊彝》"醴齐缩酌"，注"故书缩为数"，《方言》五"炊篾谓之缩"，《说文》作籔。）《小雅·鱼丽》传"庶人不数罟"，《释文》曰："数罟，细网也。"《孟子·梁惠王》上篇"数罟不入洿池"，赵注曰："数罟，密网也。"《诗》"肃肃"即"缩缩"，"数数"，网目细密之貌也。

《传》、《笺》并训肃肃为敬，此其失固不足辩，而俞樾据《文选·西京赋》"飞罕潚箾"，薛综注曰"潚箾，罕形也"，谓肃肃即潚箾，亦未得其环中。

案《说文·木部》曰"槺，长木貌"，《尔雅·释木》"梢，梢櫂"，郭注曰"谓木无枝柯，梢櫂长而杀者"，是肃声与肖声字并有长义。《尔雅·释虫》曰"蟏蛸，长踦"，蟏蛸为长貌，此虫踦长，故即以为名。潚箾之语与蠨蛸同，亦长貌也。罼有长柄者（《汉书·司马相如传》上注引张揖曰"罼，毕也"，《礼记·月令》注曰"小而柄长谓之毕"），故曰"潚箾长罼"。若置则无柄与罼异制，今谓肃肃之义等于潚箾，庸有当乎？

六　干　翰

公侯干城　〔《兔罝》〕《传》："干，扞也。"《笺》："干也，城也，皆以御难也。"

之屏之翰　〔《桑扈》〕《传》："翰，榦。"《笺》："王者之德，外能捍蔽四表之患难，内能立功立事为之桢榦。"

王后维翰　〔《文王有声》〕《传》："翰，榦也。"《笺》："王后为之榦者，正其政教，定其法度。"

大宗维翰　〔《板》〕《传》："翰，榦也。"《笺》："王当用公卿诸侯及宗室之贵者为藩屏垣榦为辅弼。"

维周之翰　〔《崧高》〕《传》："翰，榦也。"《笺》："入为周之桢榦之臣。"

戎有良翰　〔《崧高》〕《笺》："翰，榦也。申伯入谢，遍邦内皆喜，曰女有善君也。"

召公维翰　〔《江汉》〕《笺》："召康公为之桢榦之臣，以正天下。"

《说文·韦部》曰："韓，井垣也，从韦，取其帀也，倝声。"相承皆用幹。韓垣声近，盖本一语。许君以为井垣专字，非也。《诗》翰字当为韓（幹）之假借。

《桑扈篇》"之屏之翰"，翰与屏并举，《板篇》："价人维藩，大师维垣，大邦维屏，大宗维翰……宗子维城。"翰与藩垣屏城并举，《崧高篇》"维周之翰，四国于蕃（藩），四方于宣（垣）"，翰与蕃宣并举，皆互文也。

《说文·土部》曰"壁，垣也"，《广雅·释室》曰"屏，垣也"，是辟亦有垣义。《文王有声篇》四章曰"四方攸同，王后维翰"，五章曰"四方攸同，皇王维辟"，辟训垣，翰亦训垣，翰与辟亦互文也。《崧高篇》纪申伯筑城之事，又曰"戎有良翰"，犹言汝有良城耳。《江汉篇》"召公维翰"，与《文王有声篇》"王后维翰"，《板篇》"大宗维翰"句法同，翰亦当训为垣。至《兔罝篇》"公侯干城"之干，则闬之省。闬亦翰也，知之者，韩训垣，闬亦训垣。《文选·西京赋》注引《仓颉篇》："闬，垣也。"闬韩皆训垣，而韓字今作幹，故《楚辞·招魂》"去君之恒幹些"，旧校幹亦作闬。

《兔罝篇》以干城并举，犹之《板》以"大宗维翰"与"宗子维城"连言，干也，翰也。皆韓之借字也。诸翰字《传》皆训为榦，字或作幹，《笺》皆释为桢榦，胥失之。

干，《传》训为扞，以名词为动词，失之尤远。《笺》读为干盾之干，似若可通，不知盾之与城，钜细悬绝，二名并列，未免不伦。以是知其不然。

七　游

汉有游女〔《汉广》〕《传》："汉上游女，无求思者。"《笺》："贤女虽出游汉水之上，无欲求犯礼者，亦由贞絜使之然。"

《说文·水部》："汙，浮行水上也。"重文作泅。经传皆作游，《书·君奭》"若游大川"，《周礼·萍氏》"禁川游者"，《礼记·祭义》"舟而不游"，并《诗·汉广篇》"汉有游女"，《邶·谷风篇》"泳之游之"，是也。《谷风》以泳游并举，其义至显。《汉广篇》"汉有游女"亦当用此义。

三家皆以游女为汉水之神，即郑交甫所遇汉皋二女。郑交甫事未审系何时代，然足证汉上实有此传说。

游女既为水神，则游之义当为浮行水上，如《洛神赋》云"凌波微步，罗韈生尘"之类。

《诗》曰"汉有游女，不可求思"，下即继之曰"汉之广矣，不可泳思。江之永矣，不可方思"。夫求之必以泳以方，则女在波上，审矣。《文选·羽猎赋》曰"汉女水潜"。《说文·水部》"泳，潜行水中也"，《尔雅释言》"泳，游也"，注"潜行游水底"，《方言》十"潜亦游也"，注"潜行水中亦为遊也"（游与遊通），盖游与泳潜对文异，散文通。扬雄取通义，故以潜释游，然其读《诗》游字为水游则甚明。《笺》曰"贤女出游汉水之上，亦由贞絜使之然"，则以神为人，读游为遊，不若三家义长。

八 楚

言刈其楚 〔《汉广》〕《笺》："楚，杂薪中之尤翘翘者，我欲刈而取之，以喻众女皆贞絜，我又欲取其尤高絜者。"

不流束楚 〔《王风·扬之水》〕《传》："楚，木也。"

不流束楚 〔《郑风·扬之水》〕

绸缪束楚 〔《唐风·绸缪》〕

楚有草木二种，木类之楚，人尽知之，草类之楚，盖知之者寡。《仪礼·士丧礼》注"楚，荆也"，《疏》曰"荆本是草之名"，斯说得之。古人服丧居倚庐，倚庐者，以草盖屋（《荀子·礼论篇》"属茨倚庐"，注"茨，盖屋草也，属茨，令茨相连属"），而亦谓之梁闇（《书·无逸》"高宗亮阴"，《尚书大传》作梁闇，云"高宗居倚庐，三年不言，百官总己以听于冢宰而莫之违，此之谓梁闇"〔《仪礼经传通解续》十五丧礼义引〕，《礼记·丧服四制篇》引《书》作谅闇，郑注"谅古作梁"，《史记·鲁世家集解》亦引郑作梁），于省吾谓梁闇即荆庵，荆庵者，以荆草覆屋也。（案于说精确。惟谓梁乃荆之讹，则非是。于氏曰："《贞簋》'贞从王伐荆'，荆作 ，……《梁伯戈》梁作 ，《㺇簋》'㺇簋从王南征，伐楚荆'，荆作 ，《说文》荆之古文作 ，古籀从 者，今楷多作 ，如尔作 ，罍作 是也。荆梁二字形近，故前人多误释。"案于氏谓梁闇即荆庵是也，谓梁为荆之误字则非。《说文》"刅，伤也"，重文作创，"刱，造法刱业也，读若创"，经传通作创，"刑，罚辠也"，"荆，楚木也"，案刅刱刑荆古当为一字〔有说别详〕。《贞𣪘》之刅即刅字，《狀𣪘》之刱即刱字，而并读为荆。二字于皆释荆，义得而形未符。以金文证之，许书荆从刀乃从刅之讹。《大梁鼎》梁作𣪘，《曾伯簠》梁作𣪘，《叔朕簠》作𣪘，《史免匡》作𣪘，并从刅，与《梁伯戈》同，亦与小篆同。荆梁并从刅声，是二字古同音，故荆庵一作梁闇。古字假借，何尝未有，安得尽以误字目之哉？且《说苑·正谏篇》荆台，《淮南子·原道篇》作京台，而从京之字如凉谅倞等皆读来母。《史记·刺客列传》"荆卿，卫人谓之庆卿"，而慶麐古同字，详下"麟"字条。麐亦来母字，则荆古音亦正可隶来母而读如梁矣。干氏知囨之可假作庵，而不知闇之可假作荆，此千虑之一失耳。）

荆为草类，故制字从草，楚即荆（如上说，荆亦从刅声，则荆楚为阳鱼对转），是楚亦草矣。楚为草属，故《管子·地员篇》曰"其木宜蚖菕与杜松，其草宜楚棘"。（《方言》三："凡草木刺人……江湘之间谓之棘。"）《诗》中楚字亦多为草名。《汉广篇》二章曰"言刈其楚"，三章曰"言刈其蒌"，楚与蒌并举，《王·扬之水篇》一章曰"不流束薪"，二章曰"不流束楚"，三章曰"不流束蒲"，楚与薪蒲并举，《郑·扬之水篇》一章曰"不流束楚"，二章曰"不流束薪"，楚与薪并举，《绸缪篇》一章曰"绸缪束薪"，二章曰"绸缪束刍"，三章曰"绸缪束楚"，楚与薪刍并举，蒌蒲并草类，薪刍亦皆以草为之（《说文·艸部》"薪，荛也"，"荛，薪也"，《诗·板》释文，《文选·长杨赋》注并引《说文》作"荛，草薪也"，《汉书·贾山传》注，《扬雄传》注亦并云"荛，草薪"，是薪本谓草薪，故制字亦从艸），然则楚亦草矣。知楚为草类，则《汉广篇》曰"翘翘错薪，言刈其楚，之子于归，言秣其马"，"翘翘错薪，言刈其蒌，之子于归，言秣其驹"，谓以楚与蒌为秣马之刍耳。刈楚与秣马本为一事，乃《笺》曰"楚，杂薪中之翘翘者，我欲刈取之，以喻众女皆贞絜，我又欲取其尤高絜者",又曰"于是子之嫁,我愿秣其马,至礼饩,示有意焉",分刈楚秣马为两事,盖即坐不知楚为草名之故与?《王·扬之水》传训楚为木,其失亦显。

九　枚

伐其条枚　〔《汝坟》〕《传》："枝曰条，干曰枚。"

施于条枚　〔《大雅·旱麓》〕《传》："葛也，藟也，延蔓于木之枚本而茂盛。"

枚之言微也（《东山》传"枚，微也"，《閟宫》"实实枚枚"，《文选·南都赋》作微微），故枝之小者谓之枚。

《说文·木部》曰"条，小枝也"，《广雅·释木》曰"枚，条也"，《太玄》二《达》"阳气枝枚条出"，宋衷注曰："自枝别者为枚，自枚别者为条。"是条也，枚也，皆小枝也。

《汝坟篇》二章"伐其条肄"，《传》曰"斩而复生曰肄"。案斩而复生之枝亦小枝。诗一章曰"伐其条枚"，二章曰"伐其条肄"，条枚犹条肄矣。《旱麓篇》"施于条枚"义同。《汝坟》传训枚为幹，《旱麓》传训枚为本，并非。

十　麟

麟之趾　《序》："《麟趾》，《关雎》之应也。《关雎》之化行，则天下无犯非礼，虽衰世之公子，皆信厚如《麟趾》之时也。"

古人婚礼纳徵，用鹿皮为贽。《仪礼·士婚礼》"纳徵，玄纁束帛，俪皮"，注"皮，鹿皮"，崔骃《婚礼文》"委禽奠雁，配以鹿皮"，《说文·鹿部》："麗……从鹿丽声，礼麗皮纳聘，盖鹿皮也。"然以《野有死麕篇》证之，上古盖用全鹿，后世苟简，乃变用皮耳。

《说文·鹿部》"慶，行贺人，从心从夊，吉礼以鹿为贽，故从鹿省"，此据小篆为说，殆不可信。慶，金文《秦公簋》作废（文曰："以受屯鲁多釐，眉寿无疆，畯叕在天，高弘又（有）慶，灶囿四方"，慶与疆方为韵，宋人释慶最确），其字于卜辞则为麐之初文（辞曰"□戌卜贞……王……慶驳鹿……"字与驳鹿连文，诸家释麐亦不可易），是慶与麐古为同字。（《尔雅·释兽》"麐，麕身牛尾一角"，又"麠，大麃，牛尾一角"。而《史记·五帝本纪》索隐引韦昭曰"楚人谓麋为麠"〔麋麕同〕，是麐与麠一物也。慶〔慶〕麠声类同，麠盖即慶〔慶〕之后起形声字，慶则麐之讹变。然《说文》麠之重文作麟，而从京之字如涼倞諒等均读来母，故麠又读来母，而孳乳为慶。）麐与麟同，鹿类之中，莫尊于麐，故古礼纳徵用贽，麐为最贵，因之麐遂孳乳为慶贺字。(《尔雅·释兽》"麐,麕身牛尾一角",《说文·鹿部》"麎,麎也",籀文作麐,是麎与麐同类。《易·丰》五六爻辞"来章有慶",疑章当读为麐〔《考工记·画缋之事》"山以章",亦以章为麐〕。以来章为有慶,亦麐慶同字之证。喜度之慶,乃慶贺之慶之引申义耳。)

　　知纳徵本用麐为贽,而二《南》复为房中乐(《诗谱·周南召南谱》,《仪礼·燕礼》注,《乡饮酒礼》注),其诗多与婚姻有关,则《麟之趾篇》之麟,或系纳徵所用。麐麕同类(详上),《麟之趾篇》之以麟为贽,犹《野有死麕篇》之以麕为贽矣。且《序》曰"天下无犯非礼",此礼字当即指婚礼纳采,问名,纳吉,纳徵诸所以防淫佚,禁暴乱之节文。《汉广》序曰"江汉之域,无思犯礼,求而不可得也",《野有死麕》序曰"虽当乱世,犹恶无礼也",《氓》序曰"礼义消亡,淫风大行,男女无别,遂相奔诱",《有狐》序曰"古者国有凶荒,则杀礼,而多昏,会男女之无夫家者,所以育人民也",《大车》序曰"礼义陵迟,男女淫奔",《东门之墠》序曰"男女有不待礼而相奔者也",《东方之日》序曰"君臣失道,男女淫奔,不能以礼化也",《载驱》序曰"〔齐襄公〕无礼仪……与文姜淫",《猗嗟》序曰"不能以礼防闲其母"(谓鲁庄公不能防闲其母文姜),凡《序》言礼,十九皆谓为男女大防之礼。《麟之趾》序亦以礼为言,是已暗示此诗与婚姻有关,因知所谓"无犯非礼"者,正谓夫家能行纳徵之礼,不以强暴相陵,而求急亟之会耳。此(《麟趾》为纳徵之乐歌,证诸本序而益明者也。至《序》又谓《麟趾》为《关雎》之应,及《传》所谓"麟信而应礼,以足至者也",并以麟为瑞兽,则俗师怪迂之谈,无足深论,固知以谶纬说《诗》,不特齐学为然矣。

　　又案诗曰"公子","公姓","公族"者,谓此纳徵者乃公之子姓,公之族嗣也。《文选》王融《曲水诗序》张铣注曰:"《麟趾》,美公族之盛也。"(王先谦定为《韩诗》说。)则误以独体名词为集体名词,故尔为此臆说。此亦不可不辩。

十一 角

谁谓雀无角 〔《行露》〕《传》:"雀之穿屋,似有角者。"《笺》:"人皆谓雀之穿屋似有角……物有似而不同,雀之穿屋,不以角,乃以咮。"

角谓鸟咮,昔儒类皆知其然(吴仁杰、何楷、俞樾、于鬯、薛蛰龙并主此说),而未能明其所以然。请列五事,以证成之。

(一)以语根为证。咮者,《说文·口部》:"噣,咮也。"噣角古同音,触亦作觕(《淮南子·齐俗篇》"兽穷则觕",《新序·杂事篇》作觸,《晋书音义》下觕古文觸,《古文四声韵》五引崔希裕《纂古》觸古文作桷。牾觕同),擉亦作捔(《集韵》擉同牾),并其证。噣角音同,角盖噣之初文(详下),故噣为咮,角亦为咮。

(二)以文字画为证。古彝器铭识有大咮鸟。其咮作形,与卜辞角字作者逼肖,与字之角形笔意亦近,是古人造字,咮与角不分二物也。

鼎文(《续殷文存上》四)

𰁨（《前》七，四一，一）

𰁩（《前》二，三一，四）

𰁪（《前》四，四六，六）

（三）以古谚为证。《汉书·董仲舒传》："予之齿者去其角，傅之翼者两其足。"角即咮也，二句以鸟兽对言，"予之齿者去其角"，谓兽有齿以啮，即不得有角以啄，"傅之翼者两其足"，谓鸟有两翼以飞，即不得有四足以走也。若以角为兽角，则牛羊麋鹿之类，有齿复有角者多矣，安得云"予之齿者去其角"乎？（吴仁杰、俞樾说如此。）古称鸟咮为角，此其明征。

（四）以本系孳乳字为证。角孳乳为觜（今字作嘴），后世用为鸟觜专字。《文选·射雉赋》"裂膆破觜"，注："觜，喙也。"觜为鸟喙，而兽角亦或称觜。

《说文·角部》："觜，鸱旧头上角觜也。"案头上角觜即毛角。鸟之毛角，以象兽角而得名，毛角谓之觜，则兽角古亦或称觜，从可知矣。兽角谓之角，鸟喙亦谓之角，鸟喙谓之觜，兽角亦谓之觜，其例一也。

（五）以支系孳乳字为证。角又孳乳为桷。《广雅·释室》"桷，椽也"，案椽谓之桷，犹喙谓之角也。要之，兽角鸟喙，其形其质，并极相似，又同为自卫之器，故古者角之一名，兽角与角喙共之。寖假而角字为兽角所专，乃别制形声之嘴字以当鸟喙之名。嘴行而其初文之角废，故《传》、《笺》说《行露篇》皆曰"雀之穿屋似有角"，谓雀似有角而实无，是读角为兽角之角，失之。（三章"谁谓鼠无牙"，牙即齿。牙与齿散文通，此称齿为牙，犹《泮水》"元龟象齿"又称牙为齿也。《传》"视墙之穿，推其类，可谓鼠有牙"，谓牙为牡牙亦误。）

至古谚"予之齿者去其角，傅之翼者两其足"，惟董子所引，尚存其真，他若《大戴记·易本命篇》"四足者无羽翼，戴角者无上齿"，《太玄》九《玄掜》"喷以牙者童其角，擇以翼者两其足"，虽词句各殊，而角皆谓兽角，盖皆不达古语之义而妄改之。

十二 素 丝

羔羊之皮素丝五紽 〔《羔羊》〕《传》:"古者素丝以英裘,不失其制,大夫羔裘以居。"

羔羊之革素丝五緎 (《传》:"緎,缝也。"

羔羊之缝素丝五总

素丝纰之良马四之 〔《干旄》〕《传》:"纰,所以织组也。总纰于此,皮文于彼,愿以素丝纰组之法御四马也。"《笺》:"素丝者,以为缕,以缝纰旌旗之旒縿,或以维持之。"

素丝组之良马五之 《传》:"总以素丝而成组也,骖马五辔。"《笺》:"以素丝缕缝组于旌旗,以为之饰。五之者,亦为五见之也。"

素丝祝之良马六之 《传》:"祝,织也,四马六辔。"《笺》:"祝当作属,属,著也。六之者,亦谓六见之也。"

王闿运以《公食大夫礼》说《羔羊篇》,谓羔羊之皮即礼之庭实乘皮,素丝即礼之束帛(《仪礼·公食大夫礼》"庭实设〔《注》'乘皮'〕遂饮奠于丰上。公受宰夫束帛以侑,西乡立。宾降筵,北面。摈者进相币。宾降辞币,升听命。公辞。宾升再拜稽首受币,当东楹北面,退西楹西,东面立。公壹拜,宾降也,公再拜。介逆出。宾北面揖,执庭实以出。公降立,上介受宾币,从者讶受皮"),其说甚新而碍。解《诗》如此，信乎可以扩万古之心胸矣。

惟《诗》曰素丝，《礼》曰束帛，帛之与丝，虽所异其微，然庆赏用丝，经典究无明文，此惑不祛，恐终无以执闲者之口。今案以丝为赠，的系古制，其证不在经典，而论其坚实可任，或百倍于经典所载。金文《守宫尊》诗曰："易（锡）守宫丝束，蘆（苴）䍐（幕）五，蘆（苴）羃（幏）二，马匹，毳爷（布）三，犇倕，銮朋。"此其铁证也。《舀鼎》曰"我既賞（赎）女（汝）三口（夫），口（效）父用匹马束丝限詬（许）舀"，此以丝为交易品，亦赠遗用丝之旁证。

且《诗》曰"五紽"、"五緎"、"五总"，五数与束丝之义亦合。《公食大夫礼》注"束帛，十端也"，《周礼·媒氏》注"五两，十端也"。《礼记·杂记》"纳币一束，束五两"，是二端为一两，十端则五两为一束也。帛五两为一束谓之束帛，则丝必亦五两为一束，谓之束丝。"五紽"、"五緎"、"五总"并犹五两也（说详下条）。丝以五两为一束，是《诗》之"素丝五紽"云云者，即金文之束丝矣。

《干旄篇》之"素丝"，当亦赠遗所用，其以丝马并赠，则与上揭二彝铭所纪，尤为密合。（金文锡马数见，经传亦每言赐马赠马，兹不备举，举其帛马并用者。《仪礼·觐礼》："至于郊，王使人皮弁用璧劳……侯氏用束帛乘马儐使者"，又"天子赐舍……儐之束帛乘马"，又"天子赐侯氏以车服……儐使者，诸公赐服者束帛四马，儐大史亦如之"（以上诸侯朝觐所用）。《聘礼》"宾觌，奉束锦总乘马"，又"君使卿韦弁归饔饩……奉束帛……〔儐以〕马乘……束锦"，又"上介饔饩……下大夫韦弁用束帛致之……儐之两马束锦"，又"夫人使下大夫韦弁归礼……以束帛致之……儐之乘马束锦"，又"〔归〕上介〔礼〕，儐之两马束锦。"〔以上大夫聘礼所用，锦亦帛类。〕《既夕礼》"公赗，玄纁束〔帛〕，马两"，《礼记·檀弓》上"伯高之丧，孔氏之使者未至，冉子摄束帛乘马而将之"，《公羊传·隐元年》"丧事有赗，赗者盖以马，以乘马束帛"，《礼记·少仪》"赗马与其币……不入庙门"。〔以上丧礼赗赙所用，币亦即帛。〕此皆帛马并用，与《诗》及金文之以丝马并用，其例适同。）曰"纰之"、"组之"、"祝之"者，纰之言比次也，组亦聚集之意，与纰义近，祝当从《笺》读为属，《说文·尾部》"属，连也"，《礼记·经解》"属辞比事"，是属纰义亦近。纰、组、祝皆束丝之法，无奥义。下文曰"畀之"、"予之"、"告之"（告与畀予义同，详后），所畀所予所告之物，即此素丝良马也。（金文每言赐旂，不知此诗"干旄"、"干旟"、"干旌"，亦在赠遗之列否，俟考。）要之，《羔羊篇》之皮与丝为二，《传》合而为一，谓丝为裘之英饰，不知皮既非裘，丝亦非英也。《干旄篇》之丝与马亦不相谋，《传》又牵合《皇皇者华》"六辔如丝"之语，以为丝以喻辔，亦以丝马混为一谈，《笺》则蒙上文"干旄"、"干旟"、"干旌"之词而以丝为旌旗旞之属，俱不可凭。又案彝器铭文，自《守宫尊》、《舀鼎》而外，未见以丝为庆赏或货币之资者，经典之言赠丝者，亦仅此二诗而已，疑赠遗用丝，乃一时特殊之风尚。郭沫若定《守宫尊》为懿王时器，《舀鼎》为孝王时器（懿孝世次毗连），然则二诗亦西周末叶，懿孝前后所作欤？谨贡此疑，以俟博正。

十三　紽　沱　差池　杝

素丝五紽　〔《羔羊》〕《传》："紽，数也。"

江有沱　〔《江有沱》（即《江有汜》，编者注）〕《传》："沱，江之别者。"《笺》："岷山道江，东别为沱。"

差池其羽　〔《燕燕》〕《传》："燕之于飞必差池其羽。"《笺》："差池其羽，谓张舒其尾翼，兴戴妫将归，顾视其衣服。"

析薪杝矣　（《小弁》〕《传》："析薪者随其理。"《笺》："杝谓观其理也，必随其理者，不欲妄挫折之。"

《羔羊篇》释文出它字，云"本又作佗……或作紽"。马瑞辰曰佗即古他字。他者，彼之称也，此之别也，由此及彼，则其数为二。《管子·轻重甲篇》"〔则是农〕夫得居装而卖其薪荛，一束十他"，他一本作倍（多案《小弁》传"佗，加也"，《庄子·养生主篇》、《释文》"倍，加也"，是他倍同义，灼然无疑。《管子》书多古字，此盖本作他，后人注其义于旁，故传写又有作倍之本），《墨子·经》上篇"倍为二也"，他与倍通，则他亦二数矣。《柏舟》"之死矢靡他"，犹云有死无二也。《小旻》"人知其一，莫知其他"，犹云知其一，不知其二也。紽通他，盖二丝之数。（"当云丝之二数"。）案马说精核。

紽有二义，则与两同（两亦倍也，《小尔雅·广度》"倍端谓之两"），丝谓之紽，犹帛谓之两，《周礼·媒氏》"凡嫁子娶妻，入币，纯帛毋过五两"，丝称五紽，亦犹帛称五两矣。

紽义既明，二章之緎，三章之总，可以隅反。原本《玉篇·系部》引《韩诗》说曰"緎，数也"，《毛传》"总，数也"，《西京杂记》邹长倩《遗公孙宏书》曰"五线为繨，倍繨为升，倍升为緎，倍緎为纪，倍纪为緵，倍緵为襚"，緵与总同。紽有倍义，而緎总均为倍数，故得与紽并举而为互文。（紽、緎、总之实数虽异，其递进之率，皆取倍数则同。三字并举，则但论其同，不论其异。诗人用字不拘，往往如此。）凡从它声之字，多有二义，马氏已举《柏舟》、《小旻》二他字证之矣。今案《江有汜篇》之沱，《小弁篇》之杝，以及《燕燕篇》"差池"之池，字亦皆从它，而义为二之引申。《江有汜》传、笺并以别训沱，盖水有别流，则一水歧而为二，故谓之沱也。

此诗本以江有别流，喻夫之情不专一（详《汜沚》字条），则诗曰"江有沱"者，充其寄意所在，亦犹《氓篇》之曰"士贰其行"矣。《小弁篇》曰"析薪杝矣"，直谓一薪析为二耳，《传》《笺》所说，咸失之凿。

《燕燕篇》曰"差池其羽"，差池者，《左传·文二年》注"忒，差也"，《释文》"差，二也"，池即沱字，沱有二义，已见上文，则二字连文，正合联绵字上下同义之例。差池并有二义，于此当训两翼舒张之貌。鸟飞则两翼见，故曰"燕燕于飞，差池其羽"。《传》说甚允，《笺》云"张舒其尾翼"，尾字可省。

十四 縫

羔羊之縫 〔《羔羊》〕《传》:"缝言缝杀之大小得制。"

诗一章曰"羔羊之皮",二章曰"羔羊之革",三章曰"羔羊之缝",皮革一义(《传》"革犹皮也"),则缝亦当与之同。缝依字似当作鞾。《集韵》引《字林》"鞾,被鞾也",被鞾之训,或系后起,字从革作,本字当为皮革之异名,《字林》以被鞾训鞾,被谓之缝,亦犹皮谓之鞾矣。

又案金文革作🖃(《郑虢仲毁》霸字偏旁),皮作🖃(《者减钟》,《郘□名鑃》〕,王国维谓尸者革之半字,从又持半革,故为剥去兽皮之名(《史籀篇》疏证)。案王说至塙,皮革不特古字形近,古语音亦近。尝疑革古读滂母,与皮为双声,故霏从革声而读若膊(《说文·雨部》"霏,雨濡革也,从雨从革,读若膊",案当云从雨革声),又孳乳为霸。(《癸毁》"既生霏",不从月。)知皮革古为双声字,则《诗》之皮革缝皆一语之转,故字虽三变,义则一而已矣。《传》释缝为"缝杀之大小得制",失之。

十五　摽

摽有梅　〔《摽有梅》〕《传》："摽，落也。"

摽，即古抛字。《玉篇》曰"摽，掷也"，《说文新附》曰"抛，弃也"，重文作摽。《公羊传·庄二年》曰"曹子摽剑而去之"，《孟子·万章下篇》曰"摽使者出诸大门外"，二摽字并即抛。字亦作僄，《荀子·修身篇》"怠慢僄弃"，僄弃即抛弃也。（又作暴，《孟子·离娄上篇》"自暴者不可与有言也，自弃者不可与有为也"，自暴自弃即自抛自弃。）

掷物而弃之谓之摽，掷物以击人亦谓之摽。《说文·手部》曰"摽，击也"，又"抌，疾击也"，案抌即抛字，当为摽之重文，《广雅·释诂》三、《一切经音义》三引《埤苍》十六引《字林》并曰"抛，击也"，可证。（今有兵器曰镖，曰镖枪。案镖之言摽也，皆掷出以击人之谓也。此义古亦借暴为之，《谷梁传·宣二年》"灵公朝诸大夫而暴弹之。观其避丸也"，谓飞弹以击之也。又以同声孳乳为礮。《文选·闲居赋》"礮石雷骇"注"礮石，今之抛石也"，案抛出以击人之石也。）掷物以予人亦谓之摽。《诗》曰"摽有梅"是也。《木瓜篇》曰"投我以木瓜，报之以琼琚，匪报也，永以为好也"，当是女之求士者，相投之以木瓜，示愿以身相许之意，士亦嘉纳其情，因报之以琼瑶以定情也。（《丘中有麻》曰"彼留之子，贻我佩玖"，《女曰鸡鸣》曰"知子之来之，杂佩以赠之，知子之顺之，杂佩以问之，知子之好之，杂佩以报之"，凡以玉为赠者，莫非男赠于女〔《渭阳》以"路车乘黄"与"琼瑰玉佩"并赠，不属此例〕，此诗报琼琚者，亦当为男报女。知报者为男，则投者必为女矣。秦嘉《留郡赠妇诗》"诗人感木瓜，乃欲答瑶琼"，陆机为《陆思远妇作诗》"敢忘桃李陋，侧想瑶与琼"，何承天《木瓜赋》"愿佳人之予投，想同归以托好，顾《卫风》之攸珍，虽琼瑶而匪报"，最合《诗》恉，或系三家旧义。）《摽有梅篇》亦女求士之诗，而摽与投字既同谊，梅与木瓜、木桃、木李又皆果属，则摽梅亦女以梅摽男，而以梅相摽，亦正所以求之之法耳。意者，古俗于夏季果熟之时，会人民于林中，士女分曹而聚，女各以果实投其所悦之士，中焉者或以佩玉相报，即相约为夫妇焉。《晋书·潘岳传》"岳美姿仪……少年常挟弹出洛阳道，妇人遇之者，皆连手萦绕，投之以果，遂满载以归"，盖犹有古俗之遗意欤？（《左传·庄二十四年》曰"女贽不过榛栗枣脩，以造虔也"，《礼心·曲礼》下曰"妇人之挚，椇榛脯脩枣栗"〔《疏》："椇即今之白石李也，形如珊瑚，味甜美"〕，并《古微书》引《春秋元命苞》"织女星主瓜果"，似亦与此俗有关，姑附着之，以俟续证。）《传》训摽为落，而以梅落喻女色浸衰，失之。

十六 今

迨其今兮　〔《摽有梅》〕《传》:"今,急辞也。"

林义光曰:"今读为堪,堪字通作伒(昭二十年《左传》'王心弗堪',《汉书·五行志》作'王心弗伒',孟康曰'伒,古堪字',又《说文》引《书》'西伯既伒黎',《尔雅》郭注引《书》作堪黎),伒亦后出字,古文省借,宜作今也。(古金文伯作白,仲作中,祖作且,锡作易,并是其例。)首章'迨其吉兮',言于众士中求吉士而嫁之,此章则已以失时为惧,故曰'迨其堪兮',言有可嫁者即嫁之,不暇审择也。"案林读今为堪,是也,惟首章之吉既谓吉士(《野有死麕》"吉士诱之",《卷阿》"王多吉士",《书·立政》"庶常吉士"),则二章之堪亦当谓堪士,核诸词例,最为显白。《吕氏春秋·报更篇》"堪士不可以骄恣有也",是古有堪士之语。(堪能义近,堪士犹能士也,《荀子·王霸篇》"足以容天下之能士矣",《韩非子·说难篇》"今以吾言为宰虏,而可以听用而振世,此非能士"〔今作仕,从《史记·老庄申韩列传》索隐引改〕之所耻。)

"迨其堪兮",犹言庶几此所求得之士为堪士尔。《传》误读今如字而训为急辞,林氏辩之审矣。然林氏读今为堪,而释之曰"有可嫁即嫁之,不暇审择",则是名虽易《传》而实从之,宜其进退失据,不能不自圆其说也。

十七 墍 溉 介

顷筐墍之 〔《摽有梅》〕《传》:"墍,取也。"《笺》:"顷筐取之,谓夏已晚,顷筐取之于地。"

溉之釜鬵 〔《匪风》〕《传》:"溉,涤也。"

介尔景福 〔《小明》〕《传》:"介景皆大也。"《笺》:"介,助也,神明听之,则将助女以大福。"

介尔景福 〔《既醉》〕《笺》:"介,助,景,大也。成王,女有万年之寿,天又助女以大福,谓五福也。"

介尔昭明 〔《既醉》〕

绥我眉寿介以繁祉 〔《雍》〕《笺》:"安助之以考寿,与多福禄。"

是用大介我龙受之 〔《酌》〕《笺》:"介,助也……来助我者,我宠而受用之。"

《广雅·释诂》三"气,予也",《汉书·朱买臣传》"粮用乏,上计吏率更乞匄之"(各本匄字重出,从王念孙删),乞为气之省变,乞与匄同,皆与也,《西域传》"我匄若马"注"匄,乞与也"。(《左传·昭十六年》疏:"气之与乞,一字也,取则入声,与则去声也。"案此相反为义之例。)气既声类同(《说文》气之重文作槩),是乞可通作墍若溉。《摽有梅篇》"顷筐墍之,即顷筐乞之,以倾筐与之也。诗一章曰"其实七兮",谓十梅摽去其七,二章曰"其实三兮",谓又摽其三,三章曰"顷筐墍之",则梅实都尽,并顷筐亦摽与之也。《匪风篇》"溉之釜鬵",溉亦当读为乞,训与。诗曰"谁能亨鱼,溉之釜鬵,谁将西归,怀之好音",《传》"怀,归也",案怀读为归(《礼记·缁衣》"私惠不归德",注"归或为怀"),《广雅·释诂》三"归,遗也",遗亦与也。"溉之釜鬵"与"怀之好音",句法同,溉之与怀之,对文也。

金文乞取字多作匃,亦有作乞者(《都公鬻鼎》"用气釁寿,万年无疆",《洹子孟姜壶》"用气嘉命"),《诗》则多用介。匃介同祭部,乞在脂部,最相近,故三字通用。匃乞皆兼取与二义,介字亦然。《小明篇》"介尔景福",《既醉篇》"介尔景福","介尔昭明",林义光并读匃训予,得之。今案《雝篇》曰"绥我眉寿,介以繁祉",绥读为遗(《那篇》"绥我思成",林义光读绥为遗,云"与《烈祖篇》'赉我思成',义正相同也。《周礼·夏采》'以乘车建绥',郑注云'故书绥为襚',是绥遗古同音。"吴闿生说同。案此篇及《烈祖》"绥我眉寿",《载见》"绥以〔台〕多福",诸绥字亦并当读遗。又《易·系辞》"夫坤隤然示人简矣",隤陆、董、姚并作妥,亦绥遗同音之比),遗亦与也,以当为台,我也,"绥我眉寿"与"介以(台)繁祉"亦对文。介亦当训与。《酌篇》曰"是用大介,我龙(宠)受之",介字义同,大介犹大赐,上言介,下言受,义正相应。综之,墍、溉、介声近义同,并即训与之匃若乞,今俗呼与为给,亦即此字。《摽有梅》传训墍为取,似知墍即乞字,特误以乞与为乞取尔。诸介字《笺》并训为助,未确。《匪风》传训溉为涤,《小明》传训介为大,则远失之。

十八　谓

迨其谓之　〔《摽有梅》〕《传》："不待备礼也。三十之男，二十之女，礼未备，则不待礼，会而行之者，所以蕃育人民也。"《笺》："谓，勤也。女年二十而无嫁端，则有勤望之忧。不待礼会而行之者，谓明年仲春不待以礼会之也。时礼虽不备，相奔不禁。"

瑕不谓矣　〔《隰桑》〕《笺》："谓，勤……君子虽远在野，岂能不勤思之乎？宜思之也。"

谓读为归。古音喉牙不分，故读谓如归。（《说文·口部》喟重文作䐒。《召旻篇》"草不溃茂"，《笺》云"溃当作彙"，而《说文》彙从胃省声，重文作蝟，是胃声与贵声同。《释名·释言语》"汝颍言贵声如归往之归"，然则谓亦可读如归矣。）声同则义通。

谓有趣义。《列子·说符篇》注"谓者所以发言之指趣"，《汉书·杨王孙传》注"谓者名称也，亦指趣"。《华严经音义》下引《汉书音义》"谓者，指趣也"。（《墨子·经上篇》"谓，移举加也"，移此举以加之于彼，即有所趣向归往之义。）《淮南子·原道篇》注"趣亦归也"。盖谓之与归，本为一语，其分也，则意之所趣谓之"谓"，身之所趣谓之"归"，其合也，则"归"属身言，而意有所趣亦谓之"归"，汉严遵著书名《老子指归》是也，谓属意言，而身有所趣亦谓之"谓"，《诗》"迨其谓之""瑕不谓矣"是也。（《说文》

"谓，报也"。报赴古通。《礼记·少仪》"毋报往"注"报读赴疾之赴"，《古诗为焦仲卿妻作》"吾今且报府"，即赴府。谓报义同，归赴义同，报赴可通，则谓归亦可通。)《摽有梅篇》曰"求我庶士，迨其谓之"，犹言求我庶士，庶几归之。《隰桑篇》曰"心乎爱矣，瑕不谓矣"，犹言心既爱之，胡不归之也。归即"之子于归"之归。《摽有梅》传曰"礼未备，则不待礼（句读从马瑞辰），会而行之"，行即"女子有行"之行，古谓女子适人为行也。(《文选》江文通《杂体诗》注引《宋玉集·高唐赋》"我，帝之季女，未行而亡"，《列女传》四《鲁寡陶婴传》"虽有贤雄兮，终不重行"，《仪礼·丧服》"子嫁返"注"凡女行于大夫以上曰嫁，行于士庶人曰适人"，《释名·释亲属》"兄弟之女为姪，姪，迭也，共行事夫，更迭进御也"，陈琳《饮马长城窟行》"结发行事君"，诸行字义与此同。)《传》以"行之"释"谓之"，似正读谓为归。《笺》申《传》曰"时礼虽不备，相奔不禁"，当矣。顾又训谓为勤，则仍未达夫经旨。《隰桑》笺亦训谓为勤，误与前同。

十九 抱

抱衾与裯 〔《小星》〕《笺》："裯，床帐也。诸妾夜行，抱衾与床帐，待进御之次序。不若，亦言尊卑异也。"

《序》说此诗为"夫人无妒忌之行，惠及贱妾，进御于君"，其言甚鄙，且于文义亦多不可通。自来解者，惟王质曰"妇人送君子以夜而行，事急则人劳"，最为明通。然窃疑此行亦非必远道行役。

凡《诗》言"在公"，皆谓在公所在之地，《采蘩篇》曰"公侯之宫"，又曰"夙夜在公"，《有駜篇》曰"夙夜在公，在公饮酒"，《臣工篇》曰"敬尔在公"，《序》以为"诸侯助祭遣于庙"之诗，并可参验。他若《羔羊篇》之"退食自公"，《东方未明篇》之"自公召之"，"自公令之"，公亦皆谓公之所在地，而《七月篇》曰"献豣于公"，《大叔于田篇》曰"献于公所"尤为明证。明乎此，则《小星篇》之"夙夜在公"，只是辨色入朝而已，因之"抱衾与裯"即不得如姚际恒所云"犹后人言襆被之谓"，审矣。今案抱当读为抛。（包从勹声，尥亦从勹声，二字古为同音。）《史记·三代世表》"姜嫄以为（后稷）无父，贱而弃之道中，牛羊避不践也，抱之山中，山者养之"，钱大昕谓抱即抛字，《北堂书钞》四四引曹羲《肉刑论》"蛇蝮螫手，则士断其腕，系彘（原误貒）在足，则虎抱（原误跑）其蹯"，抱其蹯即抛其蹯也。又《玉台新咏》十《近代吴歌》"芙蓉始结叶，抛艳未成莲",《乐苑》抛作抱,并二字古通之证。

"抛衾与裯"者,妇人谓其夫早夜从公,抛弃衾裯,不遑寝息,殆犹唐人诗"辜负香衾事早朝"之意与。其在《三百篇》中,则《鸡鸣》、《东方未明》并与此诗情事如一,惟《东方未明》怒夫之"不能辰夜",辞忿而意荡,《小星》惜夫之抛弃衾裯,言婉而情正,(《鸡鸣》则趣夫早起,爱之以德,语重而心长,此其异尔。《笺》沿旧说读抱如字,非是。

二十　命

寔命不同　〔《小星》〕《传》："命不得同于列位也。"《笺》："谓诸妾肃肃然夜行，或早或夜，在于君所，以次序进御者，是其礼命之数不同也。凡妾御于君不当夕。"

寔命不犹　《传》："犹，若也。"《笺》："不若。亦言尊卑异也。"

命彼倌人　〔《定之方中》〕

不知命也　〔《蝃蝀》〕《传》："乃如是淫奔之人也，不待命也。"《笺》："又不知昏姻当待父母之命。"

舍命不渝　〔《郑·羔裘》〕《笺》："是子处命不变，谓守死善道，见危授命之类。"

我闻有命　〔（《唐·扬之水》）〕《传》："闻曲沃有善政命，不敢以告人。"

《蝃蝀篇》"不知命也"，《传》、《笺》并释为父母之命，最确。（《传》、《笺》此解，当以读知为待为先决条件。知待古通，有说别详。）其余诸命字则皆谓君命。

金文令命同字，经传亦每通用，《小星篇》二命字实即《东方未明篇》"自公令之"之谓。《礼记·玉藻》："朝，辨色始入，君日出而视之。"此诗盖以急事特召，早于常时，故曰"寔命不同"，"寔命不犹"。《东方未明》与《小星》情事本同，二诗合读，词旨自明（参阅上条）。金文屡言"舍命"，其义与敷命、施命同。（林义光、于省吾俱有说，不备引。）《羔裘篇》"舍命不渝"，戴震以命为君命，证之金文而益信。《扬之水篇》"我闻有命"《传》曰"闻曲沃有善政命"，是亦以命为君命。《定之方中篇》"命彼倌人"之为君命于臣，无待诠释。以上《国风》中诸命字，用为名词者五，用为动词者一，要皆谓人事中上施于下之命令，而非天道中天授于人之命数，如修短之期、穷达之分诸抽象观念。《小星》传曰"命不得同于列位"，《羔裘》笺曰"见危授命"，皆以人事之命为天道之命，断不可从。《笺》释《羔裘》之命为礼命，亦非。《周礼·小宰之职》"五曰听禄位以礼命"，先郑注曰"礼命谓九赐也"，后郑彼注曰"礼命，礼之九命之差等"。《笺》既以贱妾进御于君释此诗，不知九赐九命之事与贱妾何与？）若朱子训《蟋蟀》之命为"正理"，则又以宋儒心性之学说诗矣。《诗》中命字凡数十见，自来于《国风》中一部分之命字，误解最深，即《雅》、《颂》中诸命字，虽多属天道之命，然核其涵义，亦与后世微异。今先取《国风》中诸命字，最而论之，去其氛障，求其通谊，以备治先秦思想者采择焉。

二十一　汜　沚

江有汜　〔《江有汜》〕《传》："决复入为汜。"

湜湜其沚　〔《谷风》〕《笺》："小渚曰沚。"

《江有汜篇》一章曰"江有汜"，二章曰"江有渚"，三章曰"江有沱"，《传》曰"水歧成渚"，（今本上有"渚，小洲也"四字，《释文》云"本或无此注"，陈奂云当据删，今从之），又曰"沱，江之别者"，歧别义同，是渚与沱皆江之枝流也。渚沱之义如此，汜亦宜然。《汉书·叙传》"芊疆大于南汜"，注"汜，江水之别也"，最为塙诂。《传》曰"决复入为汜"。水决则歧出，以决释汜，固无不可耳。"复入"二字则断非汜义，特因下文"其后也悔"，而傅会之耳。《说文》"汜，水别复入水也"，水别犹言水之别枝，汜之义只此，"复入水"三字承毛之误。）然则诗称江汜云云者，究何所取义乎？曰：此当与《氓篇》参互求之。《氓篇》"淇则有岸，隰则有泮"，《笺》曰"言淇与隰皆有厓岸以自拱持，今君子放恣心意，曾无所拘制"。案妇人盖以水喻其夫，以水道自喻（以佛洛德学说观之，此自为一种象征），而以水之旁流枝出不循正道者，喻夫之情爱别有所属。诗意谓淇隰有厓岸以自拱持，故得循其正道，而不旁流枝出。人亦当以礼自拘制，勿使其情泛滥而不专一，今君子二三其德，情爱旁移，斯淇隰之不足喻耳。《江有汜篇》取兴与此略同。诗人盖以江水之别出而为汜为渚为沱，喻夫德之不专，下文"之子〔于〕（从《鲁诗》增）归"，之子，新人也，"不我以"，新人归则旧人弃也。《氓篇》以淇隰之不别出讽夫以守正，《江有汜篇》以江之别出喻夫之失德，虽语有反正，而所以取喻者则同。二篇之喻意既明，乃可以读《谷风》。《谷风篇》曰"泾以渭浊，湜湜淇沚，宴尔新昏，不我屑以"，下二句与《江有汜》"之子〔于〕归，不我以"，语意适同。《笺》曰"小渚曰沚"，沚即《江有汜》传"水歧成渚"之渚，因之，沚亦水之枝流也。实则已止声同之部，义本相通，沚即汜字耳。诗曰"泾以渭浊，湜湜其沚"者，以读为与，谓泾与渭同流则浊，及其溢为枝流，则湜湜然清，以喻夫与己居则异心，与新人居则和乐，下云"宴尔新昏，不我屑以"，即申此义也。此亦以水为喻，而造意与前二篇微异。《笺》曰"泾水以有渭，故见渭浊……喻君子得新昏，故谓己恶也，己之持正守初如沚然不动摇"，殆不可从。

二十二 处 瘝 鼠

其后也处　〔《江有汜》〕《传》："处，止也。"
瘝忧以痒　〔《正月》〕《传》："瘝痒皆病也。"
鼠思泣血　〔《雨无正》〕《笺》："鼠，忧也。"

《正月篇》"瘝忧以痒"，《传》"瘝痒皆病也"，王引之谓痒既训病，则瘝不得复训为病，瘝与忧连文，瘝说忧也。《雨无正》"鼠思泣血"，《笺》"鼠，忧也"，瘝忧犹鼠思耳。案王说是也。

《江有汜篇》"其后也处"，处亦疑当读为瘝，训忧。瘝处音同（并阴声模部透母），例得相假。知之者：《山海经·中山经》"脱扈之山，有草名曰植楮，可以已瘝"，注"瘝，病也"。字一作鼠。《淮南子·说山篇》："貍头愈鼠（《山海经·中山经》注，《御览》七四二，九一二并引作瘝），鸡头已瘘，虻散积血，斲木愈龋，此类之推者也。"又作处。《吕氏春秋·爱士篇》："赵简子有两白骡而甚爱之。阳城胥渠处，广（黄）门之官（宦）夜款门而谒曰：'主君之臣胥渠有疾，医教之曰，得白骡之肝，病则止，不得则死。"注："处犹病也。"朱骏声谓处为瘝之借字，殆不可易。今案训病之瘝通作处，则训忧之瘝亦可通作处。盖病之与忧，义本相成（古人于心理之苦痛与生理之苦痛不甚区别，故病忧互训。《礼记·杂记》下篇"病不得其众也"，注"病犹忧也"，《孟子·公孙丑》下篇"有采薪之忧"，注

"忧，病也"），故瘏训病亦训忧，处训病亦训忧。《江有汜》一章曰"其后也悔"，《说文·心部》"悔，恨也"，恨忧义近。三章曰"其啸也歌"，亦谓忧伤之情，发为歌啸，他篇有单言啸者，如《中谷有蓷》"条其歗矣"与"嘅其叹矣"、"啜其泣矣"并举。有单言歌者，如《园有桃》"心之忧矣，我歌且谣"，《四月》"君子作歌，维以告哀"，有啸歌连言者，如《白华》"啸歌伤怀"，并可互证。一章之悔，三章之啸歌，皆与忧相关，则二章之处亦当训忧。（《十月之交》"亦孔之痗"，《释文》"痗本又作悔"，《尔雅·释诂》释文痗兼昧、晦二音，是悔、痗本为一字。《伯兮》、《十月之交》两《传》并云"痗，病也"。悔训病亦训恨，与处训病亦训忧，其例亦同。）《传》训处为止，斯为皮相矣。虽然，训病之字似本当作处，鼠瘨皆后起。《说文·匸部》："匲，侧逃也，从匸丙声。"《淮南子·原道篇》"侧谿谷之间"，注"侧，伏也"，《周礼·保章氏》疏引《洪范五行传》"朔而月见东方谓之侧匿"，侧匿连言，侧亦匿也，（《荀子·荣辱篇》注"逃，隐匿其情也"，《疆国篇》注"逃谓逃匿其情"，是侧也，逃也，皆伏匿不出之谓。（甲金文丙与内同，内又与入通，是匲从丙犹从入，故训侧逃。又匲丙双声，匲从丙得声，丙当读如内，乃见得声之由。）匲孳乳为陋，《尔雅·释言》"陋，隐也"，《书·尧典》"明明扬侧陋"，侧陋犹今言隐逸，亦伏匿不出之谓也，匲从丙声，义为伏匿，病亦从丙声，其本义亦当为病者伏匿不出。病有匿义，处亦有匿义（隐匿不出之女谓之处女，隐匿不出之士谓之处士），故病亦谓之处。处、鼠音同（鼠之为物，昼伏夜出，常隐匿而不可见，鼠之得名，或即受义于处，然则处鼠不惟音同，义亦相通），因之处又或假鼠为之，以其为病名，乃又加疒作瘨。

然则处，正字也，鼠，假声字也，瘨，假声兼意符之孳乳字也。瘨行而处晦，俗师又竞以鼠说瘨义（高注《淮南》谓为鼠齧人疮，孙炎注《尔雅》又曰"瘨者畏之病也"，则谓鼠性畏怯，病者多畏，似之，因谓之瘨。既以瘨为鼠致之病，或似鼠之病，于是"貍头愈鼠"之说从而兴焉。《御览》九一二引《淮南》许注曰"貍食鼠",《物类相感志》又引曰"貍执鼠,故愈也"),于是言此字之沿革者,鲜不倒因为果,谓貍为正字,鼠为渚字而处为借字者矣。

二十三　唐棣　帷裳　常棣　维常

唐棣之华　〔《何彼襛矣》〕《传》："唐棣，栘也。"《笺》："喻王姬颜色之美盛。"

渐车帷裳　〔《氓》〕《传》："帷裳，妇人之车也。"《笺》："帷裳，童容也。"

常棣之华　鄂不韡韡　〔《常棣》〕《传》："兴也。常棣，棣也。鄂犹鄂鄂然，言外发也。韡韡，光明也。"《笺》："承华者曰鄂。不当作柎，柎，鄂足也。鄂足得华之光明，则韡韡然盛。兴者，喻弟以敬事兄，兄以荣覆弟，恩义之显，亦韡韡然。"

维常之华　〔《采薇》〕《传》："常，常棣也。"《笺》："此言彼尔者乃常棣之华，以兴将率车马服饰之盛。"

《氓篇》"渐车帷裳"《笺》曰"帷裳，童容也"，案妇人之车以帷障其旁如裳，《列女传》四《齐孝孟姬传》"野处则帷裳拥蔽"，是也。一曰裳帏。《周礼·巾车》"王后之五路……皆有容盖"，郑司农注"容谓之幨车，山东谓之裳帏，或曰潼（幢）容"。幨字一作襜，《仪礼·士昏礼》"妇车有襜"，注"襜，车裳帏"（《诗·氓》正义引《注》襜作襜，襜即幨字）。《既夕记》"主妇车，疏布襜"，注"襜者，车裳帏，于盖弓垂之"。此皆妇人之车也。然《礼记·杂记》曰"其輤有裧，缁布裳帏"，是丧车亦有裳帏。或曰《记》以裧与裳帏并举，似别为二物，而二郑并以裧即裳帷，何也？曰：裧也，裳帏也，对文异，散文通。其制，张盖于车上，冒之以布，自上四旁垂而下。析而言之，盖于上者谓之裧（幨），垂于旁者谓之裳帏，故《杂记》以裧与裳帷并举，而《诗》“渐车帷裳”，易顺鼎谓渐车即裧车，亦以渐与帷裳为二。（易谓渐裧古音同部，《淮南子·兵略篇》“剡撕筡”注“撕，剡锐也”，渐与裧通，犹撕与剡通。“淇水汤汤，渐车帷裳”，与《竹竿篇》“淇水悠悠，桧楫松舟”，句法正同。）然盖与布实不可分离，故言幨亦可包裳帏，言裳帏亦可包幨（《士昏礼》注“有容则固有盖”，容即裳帏，盖即幨也。《氓》正义：“帷裳一名童容，童容与襜别，司农云谓襜车者，以有童容上必有襜，故谓之为襜车也。”此说得之），因之，襜与裳帏又俱为大名，而可互训，先郑谓襜车谓之裳帏，后郑以裧为车裳帏，即此义也。

知裳帏一曰襜，则《战国策·齐策》“攻城之费，百姓理襜蔽，举冲橹”，《淮南子·氾论篇》“隆冲以攻，渠幨以守”（注，幨，幰也，所以御矢也），《兵略篇》“虽有薄缟之幨，腐荷之橹，然犹不能独穿也”，曰襜曰幨并即裳帏矣。此兵车亦有裳帏之证也。《采薇篇》曰“彼尔（薾）维何，维裳之华，彼路斯何，君子之车”，此出师之诗，维裳即帷裳，亦即《国策》之襜，《淮南》之幨。四句皆以车言，谓彼薾然繁盛者何，帷裳之华饰也，彼路然而大者何，君子之车也。（《笺》：“君子谓将率。”）《何彼襛矣篇》曰“何彼襛矣，唐棣之华，曷不肃雍，王姬之车”，句法与《采薇》四句适同，则上二句亦当指车服之饰。帷裳一称裳帷（详上），疑唐棣当读为裳帷。裳唐古音同，《诗》唐棣一作裳棣可证。帷棣声同脂部，而隹在端母，隶在定母，古读不分，是帷棣古亦同音。更列三事以明之。（一）《说文》隸从隶声，读若虺，《周礼·司尊彝》“祼用虎彝蜼彝”，郑司农读蜼为虺，《淮南子·脩务篇》“嫫母仳倠”高注“倠读近虺”。（二）肆《说文》作隸，从隶声，《书·汤诰》“肆台小子”，《墨子·兼爱下篇》作“惟予小子履”（《诗》、《书》之发语词肆字，多可译作惟，此意前人未发），《左传·成十三年》"昔逮我献公及穆公相好"，即昔惟我献公及穆公相好也，逮与遹通，《墨子·非攻下篇》"今遹夫好攻伐之君，又饰其说以非子墨子"，即今惟夫好攻伐之君也。（《离骚》"惟夫党人之偷乐兮"，亦惟夫连用之例。）（三）《蔽笱篇》"其鱼唯唯"，《笺》曰"唯唯，行相随顺之貌"，案《说文》"隶，及也"，"逮，唐逮，及也"，行相随顺即前后相及之意，是唯唯即逮逮也。（《释文》引《韩诗》作遗遗。逮遗亦声近可通。《说文》"鱀，卧息也"，"喟，大息也"，重文作嘳。案鱀嘳喟一字。）裳与唐，帷与棣，古音既同，而核诸文义，句中所指，又非车服莫属，则唐棣即裳帷，殆无可疑。且非如此，"何彼襛矣"，之襛字从衣之故，亦难以解答。《五经文字》"襛字见《诗·风》，从禾者讹"，案《说文·衣部》襛字下引此诗，萧子显《代美女篇》"繁襛既为李，照水亦成莲"，字亦作襛，益信俗本从禾之误。此虽半字之差，其关系于诗义者则甚大也。

《裳棣篇》曰"裳棣之华，鄂（萼）不韡韡，凡今之人，莫如兄弟"，《序》以为燕兄弟之诗，疑首二句只谓兄弟偕来，其车饰之盛，有如此者。常即衣裳本字，棣亦当读为帷。"常棣之华，鄂（萼）不韡韡"，与"何彼襛矣，唐棣之华"语意全同，但二句互易其次尔。要之，《采薇篇》之"维常"即《氓篇》之"帷裳"，倒言之则曰裳帷，其名见于《礼·杂记》，帷或作帏，见于《周礼》先郑注者一，见于《仪礼》后郑注者二，《常棣篇》之"常棣"，《何彼襛矣篇》之"唐棣"，并即裳帷也。《传》、《笺》于"唐棣"、"常棣"，并"维常"之常，概以本名当之，又读维为语词，宜其说之不可通矣。

诗经通义

周　南

关　雎

关关雎鸠　《传》："雎鸠，王雎也，鸟挚而有别。"《笺》："挚之言至也，谓王雎之鸟，雌雄情意至，然而有别。"

维鸠居之　〔《召南·鹊巢》〕《传》："鸠，鸤鸠，秸鞠也。鸤鸠不自为巢，居鹊之成巢。"《笺》："鸤鸠因鹊成巢而居有之，而有均壹之德，犹国君夫人来嫁，居君子之室，德亦然。室，燕寝也。"

于嗟鸠兮　〔《卫风·氓》〕《传》："鸠，鹘鸠也。"《笺》："鸠以非时食葚，犹女子嫁不以礼，耽非礼之乐。"

鸤鸠在桑　〔《曹风·鸤鸠》〕《传》："鸤鸠，秸鞠也。鸤鸠之养子朝从上下，莫从下上，平均如一。言执义一，则用心固。"

案本篇传云"挚而有别"者，雌雄情意专一，不贰其操之谓。《淮南子·泰族篇》曰："《关雎》兴于鸟，而君子美之，为其雌雄不乖（王念孙谓乘之误，非是。有说别详）居也。"不乖居犹言不乱居。

《后汉书·明帝纪》注引薛君《韩诗章句》曰"雎鸠贞洁慎匹",慎匹即不乱其匹,亦犹《素问·阴阳自然变化论》曰"雎鸠不再匹",张超《诮青衣赋》曰"感彼关雎,性不双侣"也。凡此并即专一之意。而《易林·晋之同人》曰"贞鸟雎鸠,执一无尤",义尤显白。此皆"有别"二字之确解也。然则正惟"雌雄情意至",乃能"有别",《笺》曰"雌雄情意至,然而有别",殊失《传》旨。

《鸤鸠篇》一章曰:"鸤鸠在桑,其子七兮。淑人君子,其仪一兮。其仪一兮,心如结兮。"仪当训匹(详《鄘风·柏舟篇》),一谓专一。三章曰"其仪不忒",《释文》"忒本或作貳"。"其仪不貳",正犹上揭诸书言"不乖居"、"不再匹"、"不双侣"也。《荀子·劝学篇》曰:"行衢道者不至,事两君者不容。目不能两视而明,耳不能两听而聪。螣蛇无足而飞,梧鼠五技而穷。《诗》曰:'尸鸠在桑,其子七兮。淑人君子,其仪一兮。其仪一兮,心如结兮。'故君子结于一也。"《淮南子·诠言篇》曰:"贾多端则贫,工多技则穷,心不一也。有百技而无一道,虽得之,弗能守。故《诗》曰:'淑人君子,其仪一也。其仪一也,心如结也。'君子其结于一乎!"二书均言"结于一",是训一为专一。此鲁说也。《易林·乾之蒙》曰"鹄鹊鸤鸠,专一无尤,君子是则,长受嘉福",《随之小过》曰"慈乌鸤鸠,执一无尤,寝门内治,君子悦喜"。以"专一"、"执一"释《诗》"一"字,此齐说也。又曰"寝门内治",则所谓"执一"者,明指夫妇之情。执一不渝,是其训仪为匹,抑又可知。毛读仪为义,因不得不训一为均一,而释为父母对七子之情"平均如一",失之远矣。《鹊巢》之鸠,亦以比妇人专一之德。《笺》曰"鸤鸠……有均壹之德",此则又缘《鸤鸠篇》传义而误。

鸠之为鸟,性至谨慤,而尤笃于伉俪之情,说者谓其一或死,其一亦即忧思不食,憔悴而死。封建社会所加于妇女之道德责任,莫要于专贞,故《国风》四言鸠,皆以喻女子。雎鸠既称鸠,又为女子之象征,则必与鸤鸠、鹊鸠同类。乃自来说雎鸠者,咸以为鹰鹫雕鹗之类,此盖因《左传·昭十七年》"雎鸠氏司马也"而误。不知《诗》之雎鸠，与《左传》之雎鸠，名虽同物而实则异指。旧传鹰与鸠转相嬗化（见《月令》、《王制》、《吕览》、《夏小正》），《左传》五鸠之雎鸠司马、爽鸠司寇，皆神话中与鹰相化之鸠。《诗》之雎鸠，以兴女子，乃真生物界之鸠。学者不察，混为一谈，过矣。

《左传·昭十七年》郯子曰："我高祖少皞之立也，凤鸟适至，故纪于鸟，为鸟师而鸟名。凤鸟氏历正也，玄鸟氏司分者也，伯赵氏司至者也，青鸟氏司启者也，丹鸟氏司闭者也。祝鸠氏司徒也，雎鸠氏司马也，鸤鸠氏司空也，爽鸠氏司寇也，鹘鸠氏司事也——五鸠，鸠民者也。五雉为五工正，利器用，正度量，夷民者也。九扈为九农正，扈民无淫者也。"此上世图腾社会之遗迹也。《三百篇》中以鸟起兴者，不可胜计，其基本观点，疑亦导源于图腾。歌谣中称鸟者，在歌者之心理，最初本只自视为鸟，非假鸟以为喻也。假鸟为喻，但为一种修词术；自视为鸟，则图腾意识之残余。历时愈久，图腾意识愈淡，而修词意味愈浓，乃以各种鸟类不同的属性分别代表人类的各种属性，上揭诸诗以鸠为女性之象征，即其一例也。后人于此类及汉魏乐府"乌生八九子"，"飞来双白鹄"，"翩翩堂前燕"，"孔雀东南飞"等，胥以比兴目之，殊未窥其本源。

窈窕淑女 详〔《陈风·月出》〕

君子好逑 《传》："逑，匹也。言后妃有关雎之德，是幽闲贞专之善女，宜为君子好匹。"《笺》："怨耦曰仇。言……贞专之善女，能为君子和好众妾之怨者。"

公侯好仇 〔《兔罝》〕《笺》："怨耦曰仇。此兔罝之人，敌国有来侵伐者，可使和好之。"

永以为好也 〔《卫风·木瓜》〕《笺》："……欲令齐长以为玩好，结己国之恩也。"

案好字从女从子，其本义，动词当为男女相爱，名词当为匹耦，形容词美好，乃其义之引申耳。好本训匹耦，引申为美好，犹丽本训耦俪，引申为美丽也。匹耦之义，何因而得引申为美好乎？曰：称字本只作再，古作爯，从二手，故《说文》曰："爯，并举也。"今曰对称，配称，即用此义。《尔雅·释言》曰："称，好也。"（《释文》："称，尺证切。"）《论衡·逢遇篇》曰"形佳骨娴，皮媚色称"，谓色好也，《定贤篇》曰"骨体娴丽，面色称媚"，犹言媚好也。案对称为美学基本原则之一，原始装饰艺术应用对称原则，尤为普遍，故古人言"称"即等于言"好"，而好丽诸字之所以训美，实以其本义皆为匹耦也。上列各诗好字皆用本义。《木瓜》"永以为好也"者，永以为偶也。本篇"君子好逑"者，逑训匹，"好逑"叠韵连语，犹匹耦也。《太玄》五《内》初一"谨于媭执，初贞后宁"，范望注曰"执，匹也。谨其媭匹，男女道正，故贞"，《释文》曰"媭执，古妃仇字"。好逑之语，犹媭执，妃仇也。《传》曰"宜为君子好匹"，盖读为形容词好善之好，《笺》更牵合《左传》"怨耦曰仇"之说（桓二年），而读好为动词和好之好，均非《诗》谊。

匹偶之义本指夫妇，然亦通于朋友君臣之际，《大雅·假乐篇》"率由群匹"，《笺》曰"循用群臣之贤者，其行能匹耦己之心"。《晋语》三"若狄公子，吾是之依兮，镇抚国家，为王妃兮"，韦注曰"言重耳当伯诸侯，为王妃偶"，妃亦匹也。《左传·昭三十二年》曰："故天有三辰，地有五行，体有左右，各有妃耦。王有公，诸侯有卿，皆有贰也。"《汉书·扬雄传》曰"揆述索偶，皋、伊之徒"，《董仲舒传赞》曰"伊、吕乃圣人之偶"。（偶亦谓之合，《春秋繁露·楚庄王篇》曰："百物皆有合，合之偶之，仇之匹之，善矣。"《基义篇》曰："臣者君之合。"《离骚》曰"汤禹严而求合兮"，即求偶也。）《兔置篇》曰"公侯好仇"，犹言公侯之匹耦，亦就君臣之际言之。且一章曰"公侯干城"，三章曰"公侯腹心"，"干城"、"腹心"皆二名词平列而义复相近，依本书词例，二章之"好仇"，当与彼同。诚如《笺》说，释好为和好，则词例参差矣。以是明其不然。（《学斋佔毕》二引《尚书大传·微子歌》曰："麦秀渐渐兮，禾黍油油，彼狡童兮，不我好仇。"〔《乐府诗集》五七同〕此虽用为动词，与诗微异，然以二字平列为叠义连语，则犹不失古意。)

寤寐思服 《传》："服，思之也。"《笺》："服，事也。求贤女而不得，觉寐则思己职事，当谁与共之乎。"

顾我复我出入腹我 〔《小雅·蓼莪》〕（《传》，"腹，厚也。"《笺》"顾，旋视也。复，反覆也。腹，怀抱。"

无思不服 〔《大雅·文王有声》〕《笺》："……自四方来观者，皆感化其德，心无不归服者。"

是顾是复 〔《大雅·桑柔》〕《笺》："有忍为恶之心者，王反顾念而重复之。"

《初学记》一七引《诗》"出入复我"，黄生疑即《蓼莪篇》三家异文。案黄说近确。毛作腹，正当读为复。此"复我"即叠上"顾我复我"句中之文。复者，上文"拊我畜我，长我育我"，拊畜同义，长育同义，此文"顾我复我"，顾复亦当同义。《桑柔篇》上文"弗求弗迪"，求迪义近，则下"是顾是复"，顾复亦然。顾，念也，复亦训念。复之义为往复，往复思之亦谓之复。《说文》曰"念，常思也"，常思即往复思之，故念亦谓之复。《庄子·徐无鬼篇》曰"以目视目，以耳听耳，以心复心"，即以心念心也。《田子方篇》"吾服女也甚忘"，成本服作复，《疏》曰"复者寻思之谓也"，寻思即念也。乐府《妇病行》曰"思复念之"，复念叠义连语，复亦念也。复与伏通。《楚辞·七谏·沉江》曰"伏念思过兮，无可改者"，伏念即复念。又与服通。《书·康诰》曰"要囚服念五六日"，服念亦即复念。

《庄子·田子方篇》"吾服女也甚忘"，郭注曰"服者思存之谓"，思存即思念。本篇"寤寐思服"，即思复，犹言思念也。《传》文疑当重服字，作"服，服思之也"。言往复思之，即念之也。今本脱一服字，则思下"之"字，殆成赘文。《笺》改训事，而释为"思己职事当谁与共之乎"，迂曲已甚。《文王有声篇》"无思不服"，即无思不复。谓每思必往复追怀，不能自已，盖极言其思之甚也。思之甚即念矣。《笺》训服为归服，王引之更读思为语词，以曲成其说，亦千虑之一失耳。《韩诗外传》五曰："《关雎》之事大矣哉!冯冯翼翼，自东自西，自南自北，无思不复。子其勉强之，思服之。"曹大家《雀赋》曰："自东西与南北，咸思服而来同。"是两汉人犹知《文王有声》"无思不服"之思服，即《关雎》"寤寐思服"之思服，其不以思为语词明矣。

葛覃

言告师氏 《传》:"师,女师也。古者女师教以妇德,妇言,妇容,妇功。祖庙未毁,教于公宫三月。祖庙既毁,教于宗室。"《笺》:"我告师氏者,我见教告于女师也。"

楀维师氏 〔《小雅·十月之交》〕《笺》:"师氏……掌司朝得失之事。"

趣马师氏 〔《大雅·云汉》〕《传》:"岁凶年谷不登,则……师氏弛其兵。"

案古者女子将嫁,师氏教以事人之道,所谓"妇德,妇言,妇容,妇功"是也。《白虎通·嫁娶篇》曰:"妇人所以有师何?学事人之道也……国君取大夫之妾,士之妻,老无子,而明于妇道者,又禄之,使教宗室五属之女。"《仪礼·士昏礼》郑注曰"姆,妇人年五十无子,出而不复嫁,能以妇道教人者",姆即师氏(详下)。如班、郑所云,其人既为大夫之妾,士之妻,老而无子,又出而不复嫁,则师氏之名,虽若甚尊,其职则甚卑。

因知所谓德言容功者,亦不过伦常日用之委琐细故,论其性质,直今佣妇之事耳。《说文》曰"娿,女师也……读若阿","姆,女师也……读若母",是女师一曰娿姆者,即《史记·仓公传》之"阿母"。今呼佣妇或曰阿妈,即阿母矣。师氏或以男为之。《墨子·尚贤》下篇曰"伊尹为莘氏女师仆"，师仆即师氏之男者。谓之仆，则其地位之低可知。要之，女师之职，略同奴婢，特以其年事长而明于妇道，故尊之曰师，亲之曰姆（母）耳。《诗》曰："言告师氏，言告言归：'薄汙我私，薄浣我衣！'"告者，告师氏为己浣衣也，"薄"为命令之词。师氏本封建贵族之一种家庭奴隶，故诗人之言如此。《传》、《笺》专就其教人之事言之，则一若其道甚严而位甚尊者，此不可不辩也。

《十月之交》、《云汉》两师氏皆男官。《十月之交篇》以膳夫、内史、趣马、师氏相次，《云汉篇》以趣马、师氏、膳夫相次。于《周礼》序官，内史、师氏并中大夫、膳夫上士、趣马下士。或晚周之制如此。周初师氏与膳夫、趣马秩位当不相上下，故诗人错互称之。《周礼·师氏职》曰："居虎门之左，司王朝……凡祭祀宾客会同丧纪军旅，王举（与）则从。听治，亦如之。使其属帅四夷之隶。各以其兵服守王之门外，且跸。朝在野外，则守内列。"此其职事，多与虎贲氏、司隶、阍人、隶仆等为官联，其初或系同官，亦未可知。（陈奂疑师氏与虎贲氏初本同官，近确。）由是观之，师氏职位，本近鄙贱。男官如此，女官从可知焉。

卷 耳

我马虺隤 《传》："虺隤，病也。"《笺》："身勤劳于山险，而马又病。"

案古言疲劳力竭，不能自胜，亦谓之病。《孟子·公孙丑》上篇"今日病矣"，赵注曰"病，罢也"，《素问·宣明五气论》王注曰"病谓少不自胜也"，本篇"虺隤"、"玄黄"、"瘏"、"痡"，《传》皆训病，即用此义。《正义》引孙炎《尔雅注》曰"虺隤，马罢不能升高之病"，又曰"痡，人疲不能行之病，瘏，马疲不能进之病"，深合《传》意。惟虺隤乃病之征象，《传》以病释虺隤，乃以原因释现象，非谓虺隤即病也。孙谓"马罢不能升高之病"，亦但探诗意为说。实则"虺隤"之本义，非特不必与马有关，亦且不必与病相涉。孙以个别现象释一般现象，衡之训诂学原则，似未符合。今案《说文》曰"允，虺（跛）曲胫也"，重文作虺。（今隶从允之字，多变作允。）虺字疑当作虺，从允虫声。虺即诗"虺隤"本字，胫无力虺跛不支貌也。今误从兀，则虺之别体。《集韵》虺隤正作虺隤。《广韵》曰"㾯㾯，行病"，㾯㾯与虺㿋同，行病即行无力也。虺㿋叠韵连语（㿋或读从贵声，则与虺亦双声），义犹虺也。惟古无㿋字，故以隤为之。《易·系辞下传》马注曰"隤，柔貌"，《说文》曰"隤，下队（坠）也"。柔也，下坠也，并与无力之义相因，虺隤字或变作威夷。《尔雅·释兽》"威夷，长脊而泥"，郭注曰"泥，少才力"。泥与荼通，《庄子·齐物论篇》"荼然疲役而不知所归"，《释文》引简文注曰"荼，疲病困之状"。案威夷为胫无力不支之貌，此兽力少行难，故名威夷。自虺字相沿皆误从兀，而本义晦，书传遂皆以为虫之异文，虺虫混而诗"虺𬯎"之语无达诂矣。今据《集韵》定勉为虺之正体，庶几诗意略明，而《传》所以训虺𬯎为病之故，亦可得而言之。

我马玄黄 《传》："玄马病则黄。"

载玄载黄 〔《豳风·七月》〕《传》："玄，黑而有赤也。朱，深纁也……祭服玄衣纁裳。"《笺》："丹染者，春暴练，夏纁玄，秋染夏。为公子裳，厚于其所贵者说也。"

案玄黄者，诗人所拟想马视觉中之变态现象。凡人或因疲极，或由惊怖，每致瞑眩，后世谓之眼花。（梁简文帝《筝诗》"耳热眼花之娱"，杜甫《饮中八仙歌》"眼花落井水底眠。"）眼花者视物不审，但见玄黄纷错，五色交驰，此即所谓玄黄也。《吕氏春秋·知分篇》曰："禹南省方，济乎江，黄龙负舟，舟中之人五色无主。"（《淮南子·精神篇》同。）《御览》四七五又九二九引《庄子》佚文曰："于是天龙闻而下之，窥头于牖，拖尾于堂。叶公见之，弃而还走，失其魂魄，五色无主。"（《类聚》九六，涵芬楼本《文选·天监三年策秀才文》注引略同。又见《新序·杂事》五篇。）玄黄犹五色无主矣。

亦或视觉受神经激动之影响，而暂成色盲，如郭遐叔《赠嵇康诗》曰"必之忧矣，视舟如绿"，《乐府诗集》八眼引《乐苑如意娘词》曰"看朱成碧思纷纷，颠顿支离为忆君"，此亦"玄黄"之类也。玄黄为眼花时所见之现象，因之眼花亦谓之玄黄。声之转，则曰眩眃。《后汉书·张衡传·思玄赋》曰"儵眩眃兮反常闾"（李注"眩眃音县混"），《集韵》曰："眩眃，视不明貌。"《说文》曰："眩，目无常主。"目无常主犹言五色无主，眩即玄也矣。（韩愈《寄崔二十六立之诗》，说老年目衰曰"玄花著两眼，视物隔褷褵"，玄花疑亦玄黄之转。）

《传》文"玄马病则黄",陈奂云当作"马病则玄黄",今本误倒。案陈说是也。惟谓马之毛色,病则变为玄黄,则非是。

且《诗》曰"陟彼高冈,我马玄黄",则是马亦以攀陟高冈而眩眃,不必尽由疲惫之故。旧说专就病言,亦未审谛。曹植《赠白马王彪诗》曰:"中逵绝无轨,改辙登高冈,修坂造云日,我马玄以黄。"曹袭《诗》意,而于山之高峻,铺叙綦详,故独得风人之旨。

自视者言之,眼花谓之玄黄,声转字变,则为眩眃,自被视者言之,光色夺目,亦谓之玄黄。字一作炫煌,《秦策》一曰"转毂连骑,炫煌于道",是也。本篇"我马玄黄"即眩眃。此自视者言之。《七月篇》"载玄载黄,我朱孔阳",玄黄即炫煌,谓朱色鲜明,炫煌夺目。此自被视者言之。"玄黄"所以形容朱色之鲜明,非朱外别有玄黄二色也。且朱为裳色,正唯上所言仅一朱色,故下但言"为公子裳"。若玄黄是染绘之色,则下不当不言衣,玄者衣之色也。《传》、《笺》皆以玄黄为色,且必欲兼衣言之,失经旨矣。

桃 夭

桃之夭夭 《传》："夭夭，其少壮也。"

棘心夭夭 〔《邶风·凯风》〕《传》："夭夭，盛貌。"《笺》："夭夭以喻七子少长。"

《说文》曰："夭，屈也。"《凯风篇》曰"凯风自南，吹彼棘心，棘心夭夭"，谓棘受风吹而屈曲也。乐府《长歌行》曰"凯风吹长棘，夭夭枝叶倾，黄鸟飞相追，咬咬弄声音"，语意全本《诗·风》，第二句正以"枝叶倾"申诗"夭夭"之义。本篇"桃之夭夭"，义亦当同。谢灵运《悲哉行》曰："差池燕始飞，夭袅桃始荣。"夭袅亦桃枝随风倾屈貌。（《文选》谢灵运《邺中集·平原侯植诗》"白杨信袅袅"，李注曰："袅袅，风摇木貌。"）谢以"夭袅"易诗之"夭夭"，亦善得《诗》旨。夭训屈，凡木初生则柔韧而易屈，故谓之夭。（《鲁语》"泽不伐夭"，韦注曰"草木未成曰夭"。）

本篇《传》释夭夭为少壮，《凯风》笺释夭夭为少长，《凯风》传又因少壮而引申为美盛之义，此其说虽皆若可通，然终嫌求之过深，转失诗人体物之妙，故弗取云。

兔罝

肃肃兔罝 《传》："肃肃，敬也。"《笺》："兔罝之人，鄙贱之事，犹能恭敬，则是贤者众多也。"

肃当读为缩（《豳风·七月》"九月肃霜"，《传》"肃，缩也"。《周礼·甸师》"祭祀共萧茅"，郑兴注"萧字或为茜，茜读为缩"。《仪礼·特牲馈食礼》"乃宿尸"，注"宿读为肃"），宿犹密缩。《易林·丰之小过》曰"网密网宿，动益蹙急，困不得息"，是其义。字一作数。（《周礼·司尊彝》"醴齐缩酌"，注"故书缩为数"。《方言》五"炊䈰谓之缩"，《说文》作籔。）《小雅·鱼丽》传"庶人不数罟"，《释文》曰："数罟，细网也。"《孟子·梁惠王》上篇"数罟不入洿池"，赵注曰："数罟，密网也。"《补史记·龟策列传》曰："罔（网）有所数，亦有所疏。"诗"肃肃"即"缩缩"，"数数"，网目细密之貌也。肃肃为形容兔罝之词，《传》、《笺》乃以之属人，而训为敬，此其失固不足辩。俞樾据《文选·西京赋》"飞罕潇箾"薛综注曰"潇箾，罕形也"，谓肃肃，即潇箾，亦未得其环中。案《说文》曰"槠，长木貌"。《尔雅·释木》"梢，梢櫂"，郭注曰"谓木无枝柯，梢櫂长而杀者"。是肃声与肖声字，并有长义。《尔雅·释虫》曰"蟰蛸，长踦"，蟰蛸为长貌，此虫踦长，故即以为名。潇箾之语与蟰蛸同，亦长貌也。罕为毕类，网之小而有长柄者，故曰"潇长箾罕"。若罝则大网椓杙以张于地上者，与罕绝异，今谓肃肃之义同于当时潇箾，庸有当乎?

肃肃兔罝 《传》:"兔罝,兔罟也。"《笺》:"兔罝之人,鄙贱之事,犹能恭敬,则是贤者众多也。"

于嗟乎驺虞 〔《召南·驺虞》〕《传》:"驺虞,义兽也,白虎黑文。"《释文》本作菟,云"又作兔"。案古本《毛诗》疑当作菟。菟即於菟,谓虎也。《左传·宣四年》曰"楚人……谓虎於菟",《释文》兔音徒。字一作䖘若䖘。《方言》八曰"虎……江、淮、南楚之间……或谓之於䖘",《广雅·释兽》曰"於䖘,虎也",曹宪音涂。又或假檡为之。《汉书·叙传》上曰"楚人……谓虎於檡",注"檡字或作菟,并音涂"。於菟或省称菟。《方言》郭注曰"今江南山夷呼虎为䖘",䖘即菟字。盖於为发声之词,於菟省称菟,犹於越省称越也。楚人呼虎为菟者,此语音之混同,非名物之借用。何以明之?(一)䖘曹宪音涂,檡菟颜师古亦并音涂(《左传·隐十一年》"使营菟裘",《公羊传·隐四年》作涂裘。)《说文》曰:"㹎,黄牛虎文也,读若涂。"《尔雅·释草》曰"蒤,虎杖",《本草》陶注曰"茎斑而叶圆"。牛之似虎者谓之㹎,草之茎有斑如虎皮者谓之蒤,是方音读虎如㹎蒤之验。㹎蒤与涂音同,则亦与菟音同也。(二)於菟《汉书》作於檡,檡与泽通。(《仪礼·士丧礼》"若檡棘",注"今文檡为泽"。)(a)《广雅·释草》曰"虎兰,泽兰也",《本草》曰"泽兰一名虎兰"。(b)《左传·昭十年》"遂伐虎门",《正义》引或说以为宫之外门,而《大雅·绵》笺曰"外门曰皋门",是虎门即皋门。虎门一曰皋门,犹虎皮一曰皋比,《左传·庄十年》注,皋牢一曰虎落也。(《荀子·王霸篇》"罦(皋)牢天下而制之",《后汉书·马融传》"皋牢山陵",注曰"皋牢犹牢笼也"。《汉书·晁错传》"为中国虎落",注曰"虎落者,以竹蔑相连遮落之也"。遮落与牢笼义近,"虎落""皋牢"声之转耳。《扬雄传·羽猎赋》曰"尔乃虎路三嵏以为司马,围经百里则为殿门",晋灼注路音落。服虔注曰"以竹虎落此山也"。案服说非是。)然《左传·襄十七年》"泽门之晳",《释文》曰"本或作皋门"。(泽皋字通之例,此不具举。）虎门曰皋门，泽门亦曰皋门，是虎门即泽门也。（c）《礼记·礼运》正义引《孝经·援神契》曰："〔王者〕（从《御览》九一六引补）德至鸟兽，则……白虎动。"《开元占经》一一六《兽占篇》引《瑞应图》曰："黄帝巡于东海，白泽出，能言语，达知万（原误方，从《云笈七签》一〇〇《轩辕本纪》改，下同）物之情（原误精），以戒于民，为除灾害。贤君德及幽遐则出。"以上虎兰一曰泽兰，虎门一曰泽门，白虎一曰白泽，是方音亦读虎如泽。泽与檡，檡与菟，并古字通，读虎如泽，即读虎如菟矣。（三）且谓虎为菟本系楚语。虎音呼古切，晓母，菟音汤故切，透母。试观下表，端、透、定、知与晓、匣相转，确系楚人方音中所有之现象。

舌音				喉音		
端	透	定	知	晓	匣	
党 多朗				晓 馨皛		党，晓，哲，知也。楚谓之党，或曰晓（《方言》一）
拚 度官					圜 户关	楚人名圜曰拚（《楚辞·橘颂》王注）
多 得何				夥 胡火		凡物盛多谓之寇，……楚魏之际曰夥（《方言》一）。楚人谓多为夥（《史记·陈涉世家》索隐引服虔说）
蛥 得何蚗				蟪 胡桂蛄		蛥蚗……楚谓之蟪蛄（《方言》十一）
	譮 他和			慧 胡桂		虔，儇，慧也。楚谓之譮（《方言》一）
		嫷 徒果		好 呼老		南楚之外谓好曰嫷（《说文》十二篇女部）
		大 徒盖		夥 胡火		硕，沈，巨，濯，讦，敦，夏，于大也。……楚、魏之际曰夥（《方言》一）
			猪 知鱼	豨 虚岂		猪，……南楚谓之豨（《方言》八）

然则楚谓虎为菟，乃方言之混同，非名物之借用益明。呼虎为菟，既为荆楚之方音，而二南之地，适当楚境，则《兔罝》之诗，字作菟（兔）而义实为虎，非不可能矣。

难曰：《传》云"兔罟曰罝"，捕兔用罝，捕虎亦然乎？曰：罝之言遮也，古者猎兽，无不先用网罗遮遏，以防其遁逸，然后射杀或生缚之。《汉书·扬雄传·长杨赋序》曰"张罗网罝罘，捕熊罴豪猪，虎豹狖玃，狐兔麋鹿"，是其明证。而《孔丛子·连丛篇》载《谏格虎赋》，说捕虎用罝之状尤详。其言曰："于是分幕将士，营遮榛丛，戴星入野，列火求踪。见虎自来，乃往寻从，张罝网，罗刃锋，驱槛车，听鼓钟。猛虎颠遽，奔走西东，怖骇内怀，迷冒怔忪，耳目丧精，值网而冲，局然自缚，或只或双。车徒抃赞，咸称曰工。乃缚以丝组，斩其爪牙，支轮登较，高载归家。"孰谓捕虎不可用罝乎？难者又曰：二南区域呼虎为菟，而古捕虎亦实用罝，诚如上说。然而此但可证所谓菟有是虎之可能，不足证其必非兔也。楚人固仍呼兔如兔，则捕兔亦用罝，则安知《诗》所谓兔之果是虎而非兔乎？曰：此诚未可知也。虽然，《诗》曰"赳赳武夫，公侯干城"，赳赳者，《说文》杸训高木，嚣训高声，是赳赳当为躯体壮伟之貌。夫以此赳赳然伟丈夫，复身当"公侯干城"之任，意其人必乌获、贲、育之流，身具兼人之勇。今方椓杙林中，张罝捕虎，是以诗人见其人，美其事，忻慕之情油然而生，发为歌咏。诚如《笺》说，直一寻常猎夫，施罝林中，待兔而捕之耳。斯人也，斯事也，而誉之为"赳赳武夫，公侯干城"，毋其不类乎？

读兔为於菟之菟，宋王质实首发其覆。顾王氏泥于当时取虎之具。未见用罝者，遂复自弃其说而弗用（详《诗总闻》一）。夫捕虎用罝，书有明征，已具上文，王氏可谓蔽于今而不知古矣。余初悟及此意，未见王书，一得之见，亦复未敢深信。嗣读王书而得此说，喜其先获我心，因复涵咏经文，略推音理，而征之往籍，以证成其说如此。《诗》无达诂，见仁见智，聊备一义耳。

驺虞，《传》以为白虎黑文者，郑志《答张逸问》引《周书·王会篇》佚文同。《海内北经》曰:"林氏国有珍兽,大若虎,五采毕具,尾长于身,名曰驺吾。""若虎"之说,亦与《传》合。虎谓之驺虞者,驺音则鸠切,精母,菟音汤故切,透母,驺虞之合音近菟,盖方俗呼虎为菟,讹变而为驺虞耳。《书·益稷》"合止(之)柷敔",郑注曰"敔状如伏虎",《说文》亦曰"形如木虎"。案"柷敔"实二字一名,其合音近菟。此器状如虎,故谓之柷敔。《淮南子·俶真篇》"骑蜚廉而从敦圄",高注曰"敦圄似虎而小"。敦圄合音亦近菟,故虎谓之敦圄。虎谓之驺虞(吾),犹虎谓之柷敔,又谓之敦圄也。《召南》之诗称虎曰驺虞,犹《周南》之诗称虎曰菟,盖皆楚语欤?

公侯干城 〔《兔罝》〕《传》:"干,扞也。"《笺》:"干也,城也,皆以御难也。"

之屏之翰 〔《小雅·桑扈》〕《传》:"翰,榦。"《笺》:"王者之德,外能捍蔽四表之患难。内能立功立事为之桢榦。"

王后维翰 〔《大雅·文王有声》〕《传》:"翰,幹也。"《笺》:"王后为之幹者,正其政教,定其法度。"

大宗维翰 〔《大雅·板》〕《传》:"翰,幹也。"《笺》:"王当用公卿诸侯及宗室之贵者为藩屏,垣幹,为辅弼。"

维周之翰 〔《大雅·崧高》〕《传》"幹,榦也。"《笺》:"入为周之桢榦之臣。"

戎有良翰 〔同上〕《笺》:"翰,榦也。申伯入谢,遍邦内皆喜,曰女有善君也。"

召公维翰 〔《大雅·江汉》〕《笺》:"召康公为之桢榦之臣,以正天下。"

《说文》曰:"韓,井垣也。从韋,取其帀也。倝声。"相承皆用榦。韓垣声近,盖本一语。韓为凡垣之通称,而许君以为井垣专字,非也。《诗》翰字当为韓(榦)之假借。《桑扈篇》"之屏之翰",翰与屏并举,《板篇》"价人维藩,大师维垣,大邦维屏,大宗维翰……宗子维城",翰与藩垣屏城并举,《崧高篇》"维周之翰,四国于蕃

（藩），四方于宣（垣）"，翰与蕃宣并举，皆复文也。《说文》曰："壁，垣也。"《广雅·释室》曰："廦，垣也。"是辟亦有垣义。《文王有声篇》四章曰"四方攸同，王后维翰"，五章曰"四方攸同，皇王维辟"，辟训垣，翰亦训垣，翰与辟亦复文也。《崧高篇》纪申伯筑城之事，又曰"戎有良翰"，犹言汝有良城耳。《江汉篇》"召公维翰"，与《文王有声篇》"王后维翰"，《板篇》"大宗维翰"，句法并同，翰亦当训为垣。本篇"公侯干城"之干，则闲之省，闲亦韩也。知之者，韓训垣，闲亦训垣。《文选·西京赋》注引《仓颉篇》"闲，垣也"。闲韓皆训垣，而韓今字作幹，故《楚辞·招魂》"去君之恒幹些"，旧校幹一作闲。本篇以"干城"并举，犹之《板》以"大宗维翰"与"宗子维城"连言，干也，翰也，皆韓之借字也。诸翰字《传》皆训为扞，字或作幹，《笺》皆释为桢榦，胥失之。干，《传》训为扞，以名词为动词，失之尤远。《笺》读为干盾之干，似若可通。不知盾之与城，巨细悬绝，二名并列，未免不伦。以是知其不然。

芣 苢

采采芣苢 《传》:"芣苢,马舃,马舃,车前也。宜怀任焉。"

案《列女传·贞顺篇》曰"且夫采采莱苢之草",《文选·辨命论》注引《韩诗》薛君《章句》曰:"芣苢,泽写也。芣苢恶臭之菜……"并以芣苢为草类,与《传》说合。《周书·王会篇》曰"桴苢者,其实如李,食之宜子",孔注曰"食桴苢,即有身"。桴洪本作稃,李《韵会》载《说文》引作麦,则又似谷类,桴苢,稃苢,即芣苢。或以为草,或以为谷,或以为木,传闻异辞。

然宜子之效,则仍与此《传》"宜怀任(妊)"之说不异。(《说文·系传》)曰:"服之令人有子。")《释文》陆机疏曰"其子治妇人生难",《正义》引作"难产",此盖误解宜有子为宜生子。不知芣胚并"不"之孳乳字,苢胎并"以"之孳乳字,"芣苢"之音近"胚胎",故古人根据类似律(声音类近)之魔术观念,以为食芣苢即能受胎而生子。《列女传》又曰"蔡人之妻者,宋人之女也,既嫁于蔡,而夫有恶疾,其母将改嫁之。女曰:'夫不幸,乃妾之不幸也,奈何去之……'乃作《芣苢》之诗。"此鲁说也。薛君《章句》又曰:"诗人伤其君子有恶疾,人道不通,求已不得,发愤而作。"此韩说也。《毛序》曰:"和平则妇人乐有子矣。"各家所说诗中本事,或伤无子,或乐有子,或矢忠而不去,或求去而不得(韩说"求已不得"已犹去也），其详虽不可考，其皆缘芣苢宜子以立说，则不误。

旧传禹母吞薏苢，孕而生禹，故夏人姓姒。案禹母受孕之传说不一，吞薏苢似即食芣苢之流变。何以明之？《王会篇》"康人以桴苢"孔注曰"康亦西戎别名也"。考禹或称戎禹。《御览》八二引《尚书·帝命验》曰"修纪……生姒戎文命禹"注曰"禹生戎地，一名文命"，《潜夫论》五《德志篇》曰"修纪……生白帝文命戎禹"，是也。西戎号称禹后，而会朝以宜子之桴苢献，则桴苢与禹，或不无关系。《吕氏春秋·音初篇》曰："禹行水（从《书钞》一〇六，《御览》一三五，《文选·南都赋》李注，《吴都赋》刘注引补），窃（元作功，从盐田引高丽活板《文选·南都赋》注引改）见涂山之女，禹未之遇而巡省南土。涂山氏之女乃令其妾待禹于涂山之阳，女乃作歌曰：'候人兮猗！'实始作为南音。周公召公取风焉，以为《周南》、《召南》。"二《南》之民盖亦奉禹为始祖者，故世传二《南》之音，出于涂山候禹之歌。二《南》之民亦禹后，而亦有芣苢宜子之传说，证以上述康人之事，则旧传禹母所吞而怀妊者，果似芣苢而非薏苢矣。意者古说本谓禹因芣苢而生，末世歧说变芣苢为薏苢，亦犹薏苢之说又或变为珠乎？（《御览》八二引《蜀王本纪》："禹母吞珠孕禹，坼副而生于涂山。"）使以上所推不误，则芣苢宜子之说，由来已旧。鲁、韩、毛说并同，学者未可泥于近代眼光而轻疑之也。

汉 广

汉有游女 《传》："汉上游女，无求思者。"《笺》："贤女虽出游汉水之上，无欲求犯礼者，亦由贞絜使之然。"

三家皆以游女为汉水之神，即相传郑交甫所遇汉皋二女。郑交甫故事，未审起于何时代，要足证汉上旧有此神女传说。近钱穆氏谓汉水即古之湘水，然则汉之二女即湘之二妃，所谓娥皇女英者也。娥皇女英者，舜之二妃，其传说之起，自当甚古。

因知以《诗》之游女为神女，三家并同，其必有据。且《诗》曰"汉有游女，不可求思"，下即继之曰"汉之广矣，不可泳思，江之永矣，不可方思"，夫求之必以泳以游，则女在水中明矣。知女在水中，则游字即当读《邶·谷风篇》"泳之游之"之游。《说文》曰"汓，浮行水上也"，重文作泅。经传皆作游。《诗》所谓"汉有游女"者，殆即《洛神》"凌波微步，罗袜生尘"之类矣。凌行水上谓之游，潜行水中亦谓之游。《方言》十"潜亦遊也"，郭注曰"潜行水中亦为遊也"，遊游通。扬雄《羽猎赋》曰"汉女水潜"，此取潜行水中之义。扬学《鲁诗》笺曰"水潜"，是鲁以游为游泳之明证。《传》曰"汉上游女，无求思者"，《笺》曰"贤女出游汉水之上"，并以神为人，读游为遊，不若三家义长。

言刈其楚 《笺》："楚，杂薪中之尤翘翘者。我欲刈取之，以喻众女皆贞絜，我又欲取其尤高者。"

不流束楚　〔《王风·扬之水》〕《传》："楚木也。"

不流束楚　〔《郑风·扬之水》〕

绸缪束楚　〔《唐风·绸缪》〕

卜辞楚字有楚感二体，是楚有草木二称。《管子·地员篇》曰"其木宜蚖菕与杜松，其草宜楚棘"，此草类称楚者（《方言》三"凡草木刺人……江湖之间谓之棘"，是草亦可称棘。）楚一名荆，楚为草，故荆亦为草。《仪礼·士丧礼》注"楚，荆也"，贾《疏》曰"荆本是好草之名"，是也。楚为草名，故本篇楚与蒌并举，《王·扬之水篇》楚与薪蒲并举，《郑·扬之水篇》楚与薪并举，《绸缪篇》楚与薪刍并举，蒌蒲皆草类，薪刍亦谓草也（《说文》薪荛互训。《诗·板》释文，《文选·长门赋》注并引《说文》作"荛，草薪也"。《汉书·贾山传》注，《扬雄传》注，亦并云"荛，草薪"。）本篇二章刈楚，与三章刈蒌，乃当时婚礼中实有之仪式。《笺》以楚为泛喻女之高絜，乃误以赋为比。《王·扬之水》传训楚为木，亦失之。

汝 坟

伐其条枚 《传》:"枝曰条,干曰枚。"

施于条枚 〔《大雅·旱麓》〕《传》:"葛也,藟也,延蔓于木之枚本而茂盛。"

枚之言微也(《东山》传:"枚,微也。"《閟宫》"实实枚枚",《文选·南都赋》作微微),故枝之小者谓之枚。《说文》曰"条,小枝也",《广雅·释木》曰"枚,条也",《太玄》二《达》"阳气枝枚条出",宋衷注曰"自枝别者为枚,自枚别者为条"。是条也,枚也皆小枝之名。本篇二章"伐其条肄",《传》曰"斩而复生曰肄"。案斩而复生之枝亦小枝,诗一章曰"伐其条枚",犹二章曰"伐其条肄"矣。《旱麓篇》"施于条枚",义同。本篇《传》训枚为干,《旱麓》传训枚为本,并失之。《正义》申毛曰"枚,细者,可以全伐之也",谓枚为干之细者。此可通于本篇,不可通于《旱麓》。葛藟何独蔓于细干而不及其大者哉?是以知其不然。王引之读条为梢,亦未谛。

惄如调饥 《传》:"调,朝也。"《笺》:"未见君子之时,如朝饥之思食。"

可以乐饥 〔《陈风·衡门》〕《传》:"乐饥,可以乐道忘饥。"《笺》:"饥者不足于食也。沁水之流洋洋然,饥者见之,可饮以瘵饥,以喻人君悫愿,任用贤臣,则政教成,亦犹是也。"

季女斯饥 〔《曹风·候人》〕《笺》:"天无大雨,则岁不熟,而幼弱者饥,犹国之无政令,则下民困病矣。"

案古谓性的行为曰食(详《王风·丘中有麻》),性欲未满足时之生理状态曰饥,既满足后曰饱。《衡门篇》曰"可以乐(瘵)饥",又曰"岂其取妻,必齐之姜","岂其取妻,必宋之子",《候人篇》曰"彼其之子,不遂其媾",又曰"季女斯饥"。寻绎诗意,饥谓性欲明甚。本篇曰"未见君子,惄如调饥",惄如犹惄然。未见君子而称饥,是饥亦作性欲言。且《诗》言鱼,多为性的象征,故男女每以鱼喻其对方(详下条)。本篇曰"鲂鱼赪尾",《衡门》曰"岂其食鱼,必河之鲂","岂其食鱼,必河之鲤",而《候人》曰"维鹈在梁,不濡其咮",亦寓不得鱼之意(亦详下)。三诗皆言鱼,又言饥,亦饥斥性欲之证。此义后世诗文中亦有之。乐府《西乌夜飞》曰"暂请半日给,徙倚娘店前,目作宴填饱,腹作宛恼饥",《隋遗录》曰"(炀帝)每倚簾视(薛)绛仙,移时不去,顾内谒者云:'古人言秀色若可餐。如绛仙,真可疗饥矣!'"

凡此言饥,并可与《诗》义互证。对饥而言则曰饱。《楚辞·天问》曰:"禹之力献功,降省下土方,焉得彼嵞山女,而通之于台桑?闵妃匹合,厥身是继,胡维嗜欲同味,而快鼌饱?"鼌一作朝。王注曰:"何特与众人同嗜欲,苟欲饱快一朝之情乎?"案上言"通之(嵞山女)于台桑",下言"快鼌饱",语意一贯,故文释饱为饱情。《吕氏春秋·当务篇》曰"禹有淫湎之意",盖犹《天问》曰"快朝饱"矣。

本篇"调饥"字《释文》又作輖,《易林·兑之噬嗑》作周,《说文·心部》引《诗》作朝,证以《陈风·株林》曰"朝食于株",并《天问》"鼌饱"本一作朝饱,似朝为正字。《传》训调为朝,蔡邕《青衣赋》改称朝饥曰旦饥,李巡注《尔雅·释言》"惄,饥也"亦曰"惄,宿不食之饥也",均用此义。然而饥独言朝,义实难通,性欲之独言朝，尤不可解。疑调（辀周），朝，鼂，皆以声近借用，别有本字，今不能详矣。（或疑即《尔雅·释畜》"白州，骊"之州。其字《内则》"鳖去丑"，作丑，《淮南子·精神篇》"烛营指天"，作烛，《蜀志·周群传》先主嘲张裕多须"诸毛绕涿居乎"，作涿，《广韵》作豚。果尔，则是言不雅驯。文献不足，未敢臆断。）要之，"调饥"谓性欲之饥，"鼂饱"谓性欲之饱，"朝食"谓性欲之食。其单称饥若食者，乃"调饥""朝食"之省。旧解皆失之。

鲂鱼赪尾　《传》："鱼劳则尾赤。"《笺》："君子仕于乱世，其颜色瘦病，如鱼劳则尾赤。所以然者，畏王室之酷烈。是时纣存。"

鱼网之设　〔《邶风·新台》〕《笺》："设鱼网者宜得鱼。鸿乃鸟也，反离焉，犹齐女以礼来求世子，而得宣公。"

其鱼鲂鳏　〔《齐风·敝笱》〕《笺》："鲂也，鳏也，鱼之易制者，然而敝败之笱不能制……喻鲁桓微弱，不能防闲文姜，终其初时之婉顺。"

岂其食鱼　〔《陈风·衡门》〕《笺》："此言何必河之鲂，然后可食，取其口（甘）美而已。何必大国之女，然后可妻，亦取贞顺而已。以喻君任臣，何必圣人，亦取忠孝而已。"

谁能亨鱼　〔《桧风·匪风》〕《传》："亨鱼烦则碎，治民烦则散。知亨鱼，则知治民矣。"《笺》："谁者，言人偶能割亨者。"

九罭之鱼鳟鲂　〔《豳风·九罭》〕《笺》："设九罭之罟，乃后得鳟鲂之鱼，言取物各有器也……喻王欲迎周公之来当有其礼。"

《国风》中凡言鱼，皆两性间互称其对方之廋语，无一实指鱼者。《衡门篇》曰："岂其食鱼，必河之鲂？——岂其取妻，必齐之姜？"此以鱼代女也，《新台篇》曰："鱼网之设，鸿则离之，——燕婉之求，得此戚施。"《敝笱篇》曰："敝笱在梁，其鱼鲂鳏，——齐子归止，其从如云。"《九罭篇》曰："九罭之鱼鳟鲂。——我觏之子，衮衣绣裳。"皆以鱼代男也。以上鱼字之义，详审各诗本文，已可得之。《左传·哀十七年》载卫侯贞卜，其繇曰"如鱼窥（赪）尾，衡流而方羊",《疏》引郑众说曰"鱼肥则尾赤,方羊游戏,喻卫侯淫纵"。本篇曰"鲂鱼赪尾",义当与《左传》同。诗为女子所作,则鱼指男言也。《匪风篇》疑系妇人望其夫来归之词,"谁能亨鱼",盖亦廋语也。《笺》曰"谁能者,言人偶能割亨者"。案"人偶"者,相亲爱之词。《中庸》"仁者人也"郑注曰"'人也'读如'相人偶'之人,以人意相存偶之言",《贾子·匈奴篇》曰"胡婴儿得近侍侧,胡贵人更进,得佐酒上前,时人偶之",此相亲谓之人偶也。疑三家或有说此诗为男女相思念之词者,故《笺》得兼采其说,而释"谁"字为人偶之意。

《管子·小问篇》曰:"桓公使管仲求宁戚。宁戚应之曰:'浩浩乎?圎圎乎!'(从元刻本补,下同。)管仲不知,至中食而虑之。婢子曰:'公何虑?'管仲曰:'……公使我求宁戚,宁戚应我曰浩浩乎!圎圎乎!吾不识。'婢子曰:'诗有之:浩浩者水,育育者鱼,未有家室,而安召我居?宁子其欲室乎'"尹注曰:"水浩浩然盛大,鱼育育然相与而游其中,喻时人皆得配偶,以居其室中。宁戚有伉俪之思,故陈此诗以见意。"案尹谓古俗以鱼喻伉俪,至确,《国风》六言鱼皆男女互称之廋语,是其明证。自晋、宋乐府,下至近世黔滇民歌,犹存此语,略示数例如下。乐府《华山畿》曰:"开门枕水渚,三刀治一鱼,历乱伤杀汝。"《子夜歌》曰:"常虑有贰意,欢今果不齐。枯鱼就浊水,长与清流乖。"粤风曰:"一条江水白涟涟,两个鳡鱼生两边,蠊鱼没鳞正好吃,小弟单身正好怜。"又曰:"妹娇娥,怜兄一个莫怜多,已娘莫学鲤兄子,那河游过别条河。"海丰䱛歌:"行桥便行桥,船仔细细载双娘,鲤鱼细细会游水,郎君细细会睇娘。"靖江情歌:"天上星多月不明,河里鱼多水不清,朝中官多要造反,小大姊郎多要花心。"贵州安南民歌曰:"妹家门前有条沟,金盆打水喂鱼鳅,鱼鳅不吃金盆水,郎打单身不害羞?"贵阳民歌曰:"好股凉水出岩脚,太阳出来照不着,郎变犀牛来吃水,妹变鲤鱼来会合。"云南寻甸情歌曰:"大河涨水沙浪沙,一对鲤鱼一对虾,只见鲤鱼来摆子,不见小妹来贪花。"又曰："新来阳雀奔大山,新来鲤鱼奔龙潭,新来小妹无奔处,奔给小郎作靠山。"此皆以鱼喻情偶者也。其有言食鱼者,如安南情歌曰"天上下雨地下滑,池中鱼儿摆尾巴,那天得鱼来下酒,那天得妹来当家",云南宣威情歌曰"要吃辣子种辣秧,要吃鲤鱼走长江,要吃鲤鱼长江走,要玩小妹走四方",则与《衡门》"岂其食鱼"同意。又有言以网捕鱼者,如湖南安化情歌曰:"大河里涨水小河分,两边只见打鱼人,我郎打鱼不到不收网,恋姐不到不收心。"贵阳情歌曰"山歌好唱口难开,仙桃好吃树难栽,秘密痛苦实难说,鲜鱼好吃网难抬",淮南略同安南情歌曰"久不唱歌忘记歌,久不打鱼忘记河,久不打鱼河忘记,久不连姐脸皮薄",则与《新台》"鱼网之设",《九罭》"九罭之鱼鳟鲂"略同。

野蛮民族往往以鱼为性的象征,古代埃及、亚洲西部及希腊等民族亦然。亚洲西部尤多崇拜鱼神之俗,谓鱼与神之生殖功能有密切关系。至今闪族人犹视鱼为男性器官之象,所佩之厌胜物,有波伊欧式(Boeotian)尖底瓶,瓶上饰以神鱼,神鱼者彼之禖神赫米斯(Hermes)之象征也(详Robert Briffaulf: Sex in Religion见V.F.Calverton与S.D.Schmalhausen二氏合编之Sex in Civi—lization P.42)。疑我国谣俗以鱼为情偶之代语,初亦出于性的象征。容续考之。

《诗》又有变相言鱼而不出鱼字者,亦系廋语,详《召南·何彼襛矣》及《曹风·候人》二篇。

麟之趾

麟之趾 《传》:"麟信而应礼,以足至者也。"《笺》:"喻今公子亦信厚,与礼相应,有似于麟。"

野有死麇 〔《召南·野有死麇》〕《传》:"凶荒则杀礼,犹有以将之。野有死麇,群田之获,而分其肉。"《笺》:"乱世之民贫,而强暴之男女多行无礼。故贞女之情,欲令人以白茅裹束野中田者所分麇肉,为礼而来。"

案麟(麠)麇(麋)麠(麖)麖,四名一物也。(一)《说文》麠之重文作麖,麖麠一声之转。《说文》曰"圜谓之囷,方谓之京",《管子·轻重丁篇》"有新成囷京者二家"尹注曰"大囷曰京"。案囷与京对文异,散文通。麇之为麠,犹囷之为京也(以上证麇即麠)。(二)《说文》曰"麋,麠也",籀文作麇。麇即麋,又即麠,是麠即麋,一也。《尔雅·释兽》曰"麠,大麃",《说文》曰"麃,麠属",是麠即麋,二也(以上证麠即麋)。(三)《释兽》曰"麠……牛尾一角",又曰"麟,麇身牛尾一角",麇即麟字。《说文》曰"麠,大鹿也",又曰"麟,大牡(原误牝)鹿也"。麠为牛尾一角之大鹿,麟亦为牛尾一角之大鹿,是麠又即麟矣。盖麠重文作麖,从京声,从京之字,若凉、谅、倞等,皆来母,古读麖盖亦归来,故得转为麟。《释兽》"麠,大麃",郭注曰"汉武帝郊雍,得一角兽,若麃然，谓之麟者，此是也"。然则麚麟一兽，郭璞已明言之矣（以上证麚为麟）。综上所述，麕即麋，又即麚，麚，又即麟，而麟则麚声，然则麟麕麚麋四名一物审矣。

《野有死麕篇》说男求女，以麕为贽。麕即麟，既如上说，则本篇盖纳徵之诗，以麟为贽也，纳徵用麟者，麟庆古同字。《说文》曰："庆，行贺人，从心从夂。吉礼以鹿皮为贽，故从鹿省。"案此说字形非是。庆金文《秦公毁》作𢈔，其字于卜辞则为麖之初文。麖本即麖下加口，而古字加口与否，往往无别。𢈔于金文为庆。于卜辞为麖。适足证庆麖古为一字耳。夫鹿类之中，麖为最贵，故古礼庆贺所用，莫重于麖，因之麖遂孳乳为庆贺字。《说文》以"吉礼以鹿皮为贽"解"庆"字，可谓得制字之意矣。吉礼用贽，以麟为贵，故相承即以麟为礼之象征。《传》曰"麟信而应礼"，《笺》曰"与礼相应，有似于麟"，并《左传·哀十四年》服注曰"视明礼修而麟至"，胥其例也。婚礼纳徵用麟为贽，而二《南》复为房中乐，其诗多与婚姻有关，故知《麟之趾》为纳徵之诗。《序》曰"《麟之趾》，《关雎》之应也"，又曰"天下无犯非礼"，礼即纳徵之礼，谓壻家能行此纳徵之礼，不以强暴相陵，而求急亟之会也。

《仪礼·士婚礼》"纳徵，玄纁束帛俪皮"，郑注曰"皮，鹿皮"。崔骃《婚礼文》曰"委禽奠雁，配以鹿皮"。《说文》曰"丽……从鹿丽声，礼丽皮纳聘，盖鹿皮也"，又曰"庆……吉礼以鹿皮为贽，故以鹿省"。以《野有死麕篇》证之，婚礼古盖以全鹿为贽，后世苟简，始易以鹿皮。本篇用麟，有趾，有定（頳），有角，盖亦全鹿。

召 南

甘 棠

蔽芾甘棠 《传》:"蔽芾,小貌。甘棠,杜也。"《笺》:"召伯听男女之讼(旧衍不字),重烦劳百姓,止舍小棠之下,而听断焉。国人被其德,说其化,思其人,敬其树。"

古者立社必依林木。《周礼·大司徒》曰:"设其社稷之壝,而树之田主,各以其野之所宜木,遂以名其社与其野。"《墨子·明鬼篇》曰:"且惟昔者虞夏商周三代之圣王,其始建国营都日,必择国之正坛以为宗庙,必择木之修茂者立以为菆(丛)社。"《书·甘誓》曰:"用命赏于祖,弗用命戮于社。"宗庙即祖,菆社即社也。《明鬼篇》又引《甘誓》文而释之曰:"赏于祖者何也?言分命之均也。僇于社者何也?言听狱之衷也。"盖断狱必折中于神明,社木为神所凭依,故听狱必于社。《周礼·朝士》曰:"掌建邦外朝之法,左九棘……右九棘……面三槐。"《初学记》二〇引《春秋元命苞》曰:"树棘槐,听讼于其下。"《易·坎》上六曰："系用徽纆寘于丛棘。"郑注以为即外朝左右九棘,听讼之处。《礼记·王制》亦曰："正以狱成告于大司寇,大司寇听于棘木之下。"棘与槐盖皆古时社中之木,而旧俗听讼必于社前,故相沿听讼处犹种槐棘,《白虎通·社稷篇》引《尚书》逸篇曰"北社惟槐",《北堂书抄》八七引《太公金匮》曰"植槐于王路之右,起两社,筑垣坛,祭以酒脯,食以牲牺,尊之曰社",此槐为社木之明证。棘亦宜然。甘棠者,盖即南国之社木,故召伯舍焉以听断其下。《说文》社之古文作祏,从示从祏,祏即社字,而《传》曰"甘棠,杜也",疑甘棠一名杜,即以其为社木而得名。《笺》谓召伯以"重烦劳百姓"之故,而听断棠下,未得其实。凡社木无不大者,以其禁采伐故也。《庄子·人间世篇》说齐栎社"其大蔽数千牛,絜之百围,其高临山十仞而后有枝",是其例。甘棠亦社木,当为大树,故能为召伯所舍。然则蔽芾者,木荫甚覆蔽之貌也,《传》以为"小貌",亦失之。

　　下《行露篇》为男女狱讼之词,而《序》曰"召伯听讼也"。本篇《笺》曰"召伯听男女之讼",盖据下篇而推知之。《晏子春秋·谏上篇》二三曰："吾为夫妇狱讼之不正乎?则泰士子牛存矣。"泰士即大士(见《左传·僖二十八年》及《曲礼》下),于周曰大司寇。(士为刑官之正,故大司寇一曰大士,孙诒让说。)《王风·大车篇》序曰："大夫不能听男女之讼焉。"召伯身为三公,尝听男女之讼,而大司寇与诸大夫亦皆得听之,明古听男女之讼,初无专官。至晚出之《周官》,始据后世之制而专属之媒氏。《周礼·媒氏》曰："凡男女之阴讼,听于胜国之社。"郑注曰:"争中冓之事以触法者。胜国,亡国也。亡国之社,奄其上而栈其下,使无所通。就之以听阴讼之情,明不当宣露其罪。"案奄上栈下,即《礼记·郊特牲》所谓"丧国之社,必屋之"。社在屋中,则不得有树,故《魏书·刘芳传》曰"诸家礼图,社稷图皆画为树,惟诫社诫稷无树",诫社即胜国之社也。然则《周官》不惟听阴讼之人,与古不同,其听讼之址亦不同。盖古俗淳朴,虽阴讼亦但听之树下，后世礼教观念转严，嫌中冓之媾，不宜宣露，始入戒社之屋中以听之耳。要之，《周官》于听讼之地，亦据后世之制言之。《周礼》贾疏谓诗在周公未制礼前，《周官》据制礼之后，故不同，孙诒让又谓召伯非媒氏，则听男女之讼，不必于戒社，此皆笃信《周官》实为周公所作，故不得不曲为之说耳。

行 露

谁谓雀无角 《传》："雀之穿屋，似有角者。"《笺》："人皆谓雀之穿屋，似有角……物有似而不同，雀之穿屋，不以角，乃以咮。"

《说文》曰"噣，喙也"，角即噣之本字。（一）以字形言之。鼎文有大喙鸟形 《三代吉金文存》卷二页二），其喙形与卜辞角字不异，与卜辞兕字之角形亦酷肖，是古人造字，鸟喙与兽角，不分二事。（二）以字音言之。角古一读与噣同。《淮南子·齐俗篇》"兽穷则牽"，《新序·杂事》五篇牽作觸，《玉篇》曰"牽，古文觸"，《古文四声韵》五引崔希裕《纂古》觸古文作牿，牽牿同。牽从角声，觸从蜀声，牽觸字同，则角蜀音同，一也。《集韵》擉同捔。擉从蜀声，捔从角声，擉捔字同，则角蜀音同，二也。角音同蜀，而噣从蜀声，是角音亦同噣矣。（三）以字义言之。兽角鸟喙，其形其质，本极相似，又同为自卫之器，故古语角之一名，兽角与鸟喙共之。角（噣）之声或转为觜，此后世用为鸟觜专字者也（《文选·射雉赋》"裂膆破觜"徐《注》"觜，喙也"），然古本亦兽角之名，故字从角作。《说文》曰"觜，鸱旧头上角觜也"，头上角觜即毛角。鸟之毛角当以象角而得名，鸟毛角谓之觜，则兽角亦谓之觜可知。兽角谓之角，鸟喙亦谓之角，犹鸟喙谓之觜，兽角亦谓之觜也。兽角与鸟喙古并称角，逮"角"

为兽所专，乃别制形声之"噣"字，以当鸟喙之名，字从口蜀，蜀存角声，上详，口示喙意也。本篇曰"谁谓雀无角"，此古书鸟噣之名用古本字者。外此，则《汉书·董仲舒传》引《古谚》曰"予之齿者去其角，傅之翼者两其足"，角亦噣字。二句以鸟兽对举，上谓兽有齿以齧，即不得有噣以啄，下谓鸟有两翼以飞，即不得有四足以走。若以角为兽角，则牛羊麋鹿之属，有角复有齿者众矣，安得云"予之齿者去其角乎？"（此说本吴仁杰、俞樾）又有称兽喙曰角者。《尔雅·释兽》"犀似豕"郭注曰"三角，一在顶上，一在额上，一在鼻上，鼻上者即食角也"。案犀鼻上角实当鸟之喙，而谓之食角者，角即噣字。此亦古语角噣不分之佳证也。诗角字指鸟喙，宋吴仁杰首发其覆，明何楷，清毛奇龄、俞樾、子邕、薛蛰龙等说并同，惟咸语焉未详，余故具论其形音义如此，以见诸儒立说之精也。

羔 羊

羔羊之皮素丝五紽 《传》："古者素丝以英裘，不失其制。大夫羔裘以居。"

素丝纰之良马四之 〔《鄘风·干旄》〕《传》："纰，所以织组也。总纰于此，成文于彼，愿以素丝纰组之法御四马也。"《笺》："素丝者，以为缕，以缝纰旌旗之旒缝，或以维持之。"

素丝组之良马五之 〔同上〕《传》："总以素丝而成组也。骖马五辔。"《笺》："以素丝缕缝组于旌旗，以为之饰。五之者，亦为五见之也。"

素丝祝之良马六之 〔同上〕《传》："祝，织也。四马六辔。"《笺》："祝当作属，属，著也。六之者，亦谓六见之也。"

王闿运以《公食大夫礼》说本篇，谓《诗》羔羊之皮即《礼》庭实乘皮，《诗》素丝即《礼》束帛，其说精确。惟《诗》曰"素丝"，《礼》曰"束帛"，帛之与丝，虽所异甚微，然庆赏用丝，经典究无明文，此惑不祛，恐终无以执闲者之口。今案以丝为赠，的系古制。金文《守宫尊》曰"锡守宫丝束，苴幕五，苴幂二，马匹……"此其明证也。《舀鼎》曰"我既赎汝因，圝父用匹马束丝限许舀"，《墨子·非乐上篇》引《汤之官刑》曰"其恒舞于宫，是谓巫风，其刑君子出丝二卫（綟），小人否似二伯"，或以雠值，或以赎罪，皆古赠遗用丝之旁证。且《诗》曰"五紽"、"五緎"、"五总",皆束丝之名(详下条),此曰"素丝五紽"犹金文曰"束丝"矣。《诗》之皮与丝为二:,《传》则合而为一,谓丝为裘之英饰,不知皮既非裘,丝亦非英也。

《干旄篇》之素丝赠遗所用,其以丝马并用,亦与《守宫尊》、《舀鼎》所纪符合。经传则言帛锦与马。《仪礼·觐礼》曰"至于郊,王使人皮弁用璧劳……侯氏用束帛乘马儐使者",又曰"天子赐舍……儐之束帛乘马",又曰"天子赐侯氏以车服……儐使者诸公赐服者束帛四马,儐大史亦如之",此诸侯朝觐所用也。《聘礼》曰"宾觌,奉束锦,总乘马",又曰"君使卿韦弁归饔饩……奉束帛……【儐之】马乘……束锦",又曰"上介饔饩……下大夫韦弁用束帛致之……儐之两马束锦",又曰"夫人使下大夫韦弁归礼……以束帛致之……儐之乘马束锦",又曰"【归】上介【礼】,儐之两马束锦",此大夫聘礼所用也。《既夕礼》曰"公赗,玄纁束【帛】,马两",《礼记·檀弓》上篇曰"伯高之丧,孔氏之使者未至,冉子摄束帛乘马而将之",《公羊传·隐元年》曰"丧事有赗,赗者盖以马,以乘马束帛",《礼记·少仪篇》曰"赗马与其币……不入庙门",币即帛,此丧礼赗赙所用也。此上曰帛,曰锦,曰币,咸与马并用,亦犹《诗》之素丝良马并称也。其曰"纰之","组之","祝之",皆束丝之法。下文"畀之","予之","告(造)之",皆赠遗之意,所赠之物,即此素丝良马也。《传》牵合《小雅·皇皇者华篇》"六辔如丝"之语,以为丝以喻辔,此其说之混丝马为一,与说本篇之混皮丝为一,其失正同。《笺》则蒙上文"干旄"、"干旟"、"干旌"之词,而以丝为旌旗旒縿之属,亦臆测无据。

以理势度之,赠遗,雠值,赎罪诸经济性的活动,用丝为中介,宜早于用帛与锦。《墨子》所引《汤之官刑》,虽未必果为殷商文献之本来面目,其言用丝,要系旧俗。

《守宫尊》、《舀鼎》皆懿王时器(此依陈梦家说,郭沫若定前者为懿王时器，后者为孝王时器。然二王世次本相毗连，皆在西周末叶。）金文中记用丝者只此二见，合《汤之官刑》推之，疑赠遗用丝，乃西周末叶以前之风尚。（《大毁》有"宾癸觐章帛束"语，亦懿王时器，是此时用帛之风，亦已开始）。二诗亦并用丝，然而其时代略可推矣。

素丝五紽 《传》："紽，数也。"

陈奂读五为交午之午，是也。午字古作8，象丝交午成束形，直其画则成X，故五午古为一字。紽者即交午束丝之名。《字镜》曰"绝，络也"，络也交午义近。《说文》曰"柂，落也"，即篱落字，柂之状邪交织络而成文。《一切经音义》二二引《仓颉篇》曰"樾，格也"，亦枝格相交之意。紽与絁柂樾声近义通，亦交午之状也。《释文》本紽作它，曰"本又作佗……或作紽"。《左传·庄二十二年》陈公子佗，字五父，五与午，佗与紽，并古字通，交午束丝谓之紽，故名紽字五父。凡言交午者，其数必始于二，五与午通，故有"二"义。《周礼·大司徒》、《白虎通·三军篇》并曰"五伍为两"，《左传·昭元年》服注曰"五十乘为两"，《汉书·律历志》上孟康注曰"伍，耦也"，两，耦皆二也。

紽为交午之状，五训二，故紽亦训二（详马氏《毛诗传笺通释》）。紽或谓之五紽，五紽犹五两也。《齐风·南山篇》曰"葛屦五两"，陈奂读彼五字亦为午，云五两谓屦綦。案谓束綦之法也。《礼记·杂记》下篇曰"纳币一束，束五两"，《周礼·媒氏》曰"凡嫁子取妻，入币，纯帛毋过五两"（纯帛即束帛，郑《注》读纯为纼，非是），五两本束帛之法，此以为帛数，乃后起之义。《方言》四曰："緉，絿，绞也。关之东西或谓之緉，或谓之絿。绞，通语也。"緉与两同，緉谓之绞，绞之言亦交午也，故谓之五两。紽，两皆有"二"义，束丝谓之五紽，束綦与束帛谓之五两，其义一也。

紽声转为纆。《字镜》絁同紽，《广韵》纆俗作絁，《类篇》纆或作纰，紽絁同，是紽亦纆字。纆《玉篇》亦作纆，字从爾，爾从㸚，㸚亦交午之意。纁声又转为纗。《西京杂记》邹长倩遗公孙宏书曰："五丝为纗，倍纗为升，倍升为䌋，倍䌋为纪，倍纪为緵，倍緵为襚。"纗纁声近字通，《汉书·礼乐志·郊祀歌》九"籋浮云，晻上驰"，注引苏林曰"籋音蹑"，《集韵》纗或作䌥，并其比。五丝为纗，盖亦本谓交午其丝。升以下皆倍数，纗为二丝交午之名，亦倍数也。邹以五为五数，此亦后起之说，犹《礼》之五两，《诗》之五紽，说者亦皆以为五帛五丝之数也。

素丝五緎 《传》："緎，缝也。"

緎之言域也。《汉书·贾谊传》注曰"域，界局也"，界局之状交午成文。

《文选·西京赋》注曰"罭与緎古字通"，网形亦交午成文。《西京杂记》"倍升为䌋"，《埤雅》引䌋作緎。緎与䌋古亦通用。（《大雅·荡篇》"式号式呼"《释文》"式本作或"。式从弋声，或从戈声，弋戈古同字，故式可通或）。《楚辞·天问》曰"天式纵横"，天式即褚少孙《续史记·日者传》"旋式正棊"之式。《索隐》曰："式即栻也。旋，转也。栻之形上圆象天，下方法地，用之则转天网，加地之辰，故云旋式。"《广雅·释器》曰："栻，桐也。"是栻状如网，纵横交错而成界局，故亦谓之搞。䌋栻字异义同。《说文》引乐浪挈令以䌋为织字，织亦经纬相交也。《传》训緎为缝，《广雅·释诂》二曰"繣，缝也"，朱骏声谓繣即织字。案《说文》曰"𨍷，车籋交革也"，《广韵》曰"𨍷，车马络带也"，并与交午义近。罭也，䌋也，织也，繣也，并与緎声近字通，而皆有交午之义，然则五緎犹五紽也。《左传·昭二十八年》"或赐二小人酒"，杜注曰"或，他人也"。緎紽义近，犹或他义近。盖或喻母字，古读如舌头，与它（他）为一声之转，故义亦相通。《传》训緎为缝者，缝之义亦交午也。《说文》曰"夆，牾也，读为缝"，《汉书·刘向传》曰"蠡午并起"，夆牾与蠡午同。一作旁午，《霍光传》"使者旁午"，注曰"一纵一横曰旁午"。缝纴之法亦交错其线，故纴谓之缝。束丝之法，本与缝纴相似，训緎为缝，自无不可，惟谓以缝裻谓之緎，则不可耳。

羔羊之缝 《传》："缝，言缝杀之大小得其制。"

诗一章曰"羔羊之皮"，二章曰"羔羊之革"，三章曰"羔羊之缝"，皮革一义（《传》"革犹皮也"），则缝亦当与之同。缝依字当作韃。然《集韵》引《字林》曰"韃，被韃也"，《万象名义》作鞾，曰"被鞾斗"，《玉篇》曰"韃，鼓声"，义皆无当。《玉篇》又有鞞字曰"军人皮"，军人疑作韃人。《考工记》治皮之工有韃人，《礼记·祭统篇》郑注曰"韠，磔皮革之官也"。韠人皮盖谓已治之皮。鞞为已治之皮，则与革同义。《诗》缝字疑读为鞞。鞞皮并举，古或通称，独革亦已治之皮，此亦与皮通称也。要之，"羔羊之缝"犹"羔羊之皮"也，《传》读为缝绽之缝，则拘文牵义矣。

素丝五总 《传》："总，数也。"

总与交午之义亦近。《齐风·甫田篇》"总角卯卯兮"，《传》曰"总角，聚两髦也"。卯贯音同字通。《谷梁传·昭十九年》"羁贯成童"，《释文》曰"交午翦发为饰曰羁贯"。案《礼记·内则篇》"男角女羁"，郑注曰"午达曰羁"。羁贯犹午贯（《周礼·壶涿氏》"则以牡橭午贯象齿而沈之"），故交午发饰曰羁贯。"总角卯兮"即午贯两髦之谓。午束两丝谓之总，犹午贯两髦谓之总角，总与交午，义本相因也。上章曰"素丝五緎"，五总犹五緎耳。《豳风·九罭篇》传曰："九罭，緵罟，小鱼之网也。"緎与罭通（见上素丝五緎条），总与緵通（《九罭》）传释文"緵本又作总"，《周礼·掌客》"十筲曰总"，《释文》"总本作緵"），束丝曰緎，亦曰总，犹鱼网曰罭，亦曰緵，皆交午成文之状也。

摽有梅

摽有梅 《传》："摽，落也。"

摽，古抛字。《玉篇》曰"摽，掷也"，《说文新附》曰"抛，弃也"，重文作摽。《公羊传·庄二年》曰"曹子摽剑而去之"，即抛剑而弃之，《孟子·万章下篇》"摽使者出诸大门之外"，即抛出大门之外。掷物而弃之谓之摽，掷物以击人亦谓之摽。《说文》曰"摽，击也"，《广雅·释诂》三，《一切经音义》引《埤苍》，又一六引《字林》，并曰"抛，击也"。掷物以予人亦谓之摽，《诗》曰"摽有梅"，谓有梅以抛予人也。《卫风·木瓜篇》曰"投我以木瓜，报之以琼琚，匪报也，永以为好也"，言女有求士者，投之以木瓜达意，士即报之琼琚以结好也。（凡男女之诗言赠佩玉者，皆赠之者男，被赠者女，详《木瓜篇》。）本篇亦女求士之诗，摽（抛）投义同，摽梅犹彼之投瓜、投桃、投李耳。《晋书·潘岳传》曰："少时，常挟弹出洛阳道，妇人遇之者，皆连手萦绕，投之以果，遂满载以归。"此事与二诗所咏者略同。疑初民习俗，于夏日果熟时，有报年之祭，大会族人于果园之中，恣为欢乐，于时士女分曹而坐，女竞以新果投其所悦之士，中焉者或解佩玉以相报，即相与为夫妇焉。二诗所咏，殆即此类，而潘岳事则其流风余韵之偶存于后世者也。

《韩诗外传》七陈饶对宋燕曰："果园梨栗，后宫妇人以相提掷，而士曾不得一尝，是君之二过也。"此虽妇人自相提掷，然亦可证掷果为妇人之戏。妇人掷果为戏，或即古时掷果求士之变相欤？

摽有梅 《传》："盛极则堕落者梅也，尚在树者七。"，《笺》曰："梅实尚余七未落，喻始衰也，谓女二十春盛而不嫁，至夏始衰。"

有条有梅 〔《秦风·终南》〕《传》："条，槄，梅，柟也。宜以戒不宜也。"《笺》："……名山高大，宜有茂木也……喻人君有盛德，乃宜有显服，犹山之木有大小也。此之谓戒劝。"

原始社会之求致食粮，每因两性体质之所宜，分工合作，男任狩猎，女任采集，故蔬果之属，相沿为女子所有。《左传·庄二十四年》御孙曰"女贽不过榛栗枣脩"，《礼记·曲记》下篇曰"妇人之挚，椇榛脯脩枣栗"，《古微书》引《春秋元命苞》曰"织女星主瓜果"，此皆古俗果实属女子之证。（获致肉类食料虽为男子之事，皮藏之则仍女子事，故脯脩亦属女子。）

夫果实为女所有，则女之求士，以果为贽，固宜。然疑女以果实为求偶之媒介，亦兼取其蕃殖性能之象征意义。（芣苢宜子，或云其实似李，详《周南·芣苢篇》。）掷人果实，即寓贻人嗣胤之意，故女欲事人者，即以果实掷之其人以表诚也。

诸果属诚皆女子所有，然梅与女子之关系尤深。梅字从每，每母古同字，而古妻字亦从每从又。梅一作莓（《中山经》郭注），从敏，古作敏，亦从每从又，与妻本属同字。本篇梅字，《释文》引《韩诗》作楳，《说文》梅之重文亦作楳。《说文》又曰"某，酸果也"，古文作槑。案某槑皆古无字之省变，卜辞金文，或以无为母，而经典亦無毋通用，毋即母字。是梅楳某槑仍为一字。梅也者，犹言为人妻为人母之果也。然则此果之得名，即昉于摽梅求士之俗。求士以梅为介，故某楳二形又孳乳为媒字，因之梅（楳）之函义，又为媒合二姓之果。要之，女之求士，以梅为贽，其渊源甚古，其函义甚多。本篇《传》、《笺》并谓梅盛极则落，喻女色盛将衰，皮相之论也。

《终南篇》曰"有条有梅",又曰"有纪有堂",纪堂当依《韩诗》作杞棠,王引之、马瑞辰已辩之矣。今案条,梅,杞,棠,皆果名也。《尔雅·释木》"柚,条"与"时,英梅"相次,疑即此诗之条梅(详《秦风·终南篇》)。此女子悦人之诗。条,梅,杞,棠,女性之象征。有条有梅,有杞有棠,犹言女子方待适人。下文盛称君子容仪之美,明告君子以己倾慕之诚也。末云"佩玉将将",则似微示愿其以佩玉来赠之意。此诗作者乃贵族女子,诗中所称诸果实,未必实用以提掷君子,然称"有条有梅","有杞有棠"于君子之前,亦未始不寓有民间掷果求士之意识。(他篇女子之词多称果实名者,以此类推。)《传》以条梅为大木楰梬之异名,《笺》乃谓大木比喻"显服",真郢书燕说矣。

迨其今兮 《传》:"今,急辞也。"

林义光曰:"今读为堪。堪字通作忺。(昭二十年《左传》'王心弗堪',《汉书·五行志》作'王心弗忺',孟康曰:'忺,古堪字。')忺亦后出字,古文省借,宜作今也。

首章'迨其吉兮',言于众士中求吉士而嫁之。此章则已以失时为惧,故曰'迨其堪兮',言有可嫁者即嫁之,不暇审择也。"案林谓首章吉为吉士,至确,读此章今为堪,亦是,惟仍以惧失时为说,而解为可嫁即嫁,不暇审择,则明虽易传,而阴实从之。今谓首章吉为吉士,则次章堪亦谓堪士。《周颂·小毖篇》"未堪家多难"《传》曰"堪,任也",动词堪训任,形容词堪亦训任。《吕氏春秋·报更篇》曰"堪士不可以骄恣有也",堪士即任士。(《吕览》上言堪士,下即叙㱿桑饿人报赵宣孟事,㱿桑饿人谓灵辄,正后世所谓任侠之士。)《墨子·经》上篇曰"任士,损己而益所为也",《庄子·秋水篇》曰"任士之所劳"。《邶风·燕燕篇》"仲氏任只",《笺》曰"任者,以恩情相亲也",《大戴礼记·文王官人篇》"观其廉任",卢注曰"任,以信相亲也",《史记·季布传》"为气任侠",《集解》引孟康曰"信交道曰任"。朋友以恩信相亲曰任,亦曰堪,男女以恩信相亲亦然，《吕览》堪士谓朋友，《诗》堪士谓男女，名之所施虽异，义则一而矣。

又案《尔雅·释诂》曰"谌，诚也"，又曰"谌，信也"，堪谌俱从甚声，而诚信与任之义训复同，然则形容词训任之堪，即谌字耳。《诗》字读为谌，于义亦惬，惟终不若今堪发声近，且"堪士"之词，明见《吕览》，故仍从林读。

顷筐墍之 《传》："墍，取也。"《笺》："顷筐取之，谓夏已晚，顷筐取之于地。"

溉之釜鬵 〔《桧风·匪风》〕《传》："溉，涤也。"

墍读为气。（《说文》"饩氣并为气之重文。《仪礼·聘礼》"如其饔既之数"，注"古文既为饩"。《礼记·中庸》"既廪称事"注"既读为饩"。）《广雅·释诂》曰："气，予也。"经传予人食物曰饩，即气之孳乳。《仪礼·聘礼》曰"饩之以其礼"，郑注曰"饩，给也"，《释文》曰"遗也"。《聘礼》又曰"过则饩之"，并《左传·僖十五年》曰"晋又饥，秦伯又饩之粟"，义亦皆为予。今字省作乞。《汉书·朱买臣传》曰"买臣乞其夫钱令葬"，谓予其夫钱也。"顷筐气之"，即顷筐予之。首章"其实七兮"，谓筐中之梅，十尚余七，二章"其实三兮"，谓十余其三，末章"顷筐气之"，则梅已抛尽，并其筐亦抛予之也。《匪风篇》曰："谁能亨鱼，溉之釜鬵。谁将西归，怀之好音。"怀读为归《礼记·缁衣》"私惠不归德"注"归或为怀"），《广雅·释诂》曰："归，遗也。""溉之釜鬵"与"怀之好音"相对为文，溉亦读为气，训予，予亦遗也。本篇《传》、《笺》并训墍为取，是误乞予为乞取（《左传·昭十六年》疏"乞之与乞，一字也，取则入声，与则去声也"），盖于诗义未达一间，《匪风》传训溉为涤，则望文生义矣。

迨其谓之 《传》："不待备礼也。三十之男，二十之女，礼未备，则不待礼，会而行之者，所以蕃育人民也。"《笺》："谓，勤也。女年二十而无嫁端，则有勤望之忧。不待礼会而行之者，谓明年仲春，不待以礼会之也。时礼虽不备，相奔不禁。"

胡不归 〔《邶风·式微》〕《笺》："君何不归乎，禁君留止于此之辞。"

瑕不谓矣 〔《小雅·隰桑》〕《笺》："谓，勤也……君子虽远在野，岂能不勤思之乎？宜思之也。"

谓读为徦。《玉篇》、《广韵》并曰："徦，行也。"（《初学记》六引《春秋说题辞》："谓之言渭渭也。渭渭，进行貌。"）案徦训行者，谓归声近，古当通用（详下），徦即"之子于归"之归，行即"女子有行"之行，妇人谓嫁曰归，一曰行（详《邶风·泉水篇》），故徦可训行也。本篇《传》曰"礼不备，则不待礼（此从马瑞辰截句），会而行之"，行之即嫁之。此以"行之"释《诗》"谓之"，正读谓为徦。"求我庶士，迨其徦之"，犹言于众士之中，求得其人，庶几归之以相与为夫妇。《隰桑篇》曰"心乎爱矣，瑕不徦矣"，犹言心既爱之，胡不归嫁之乎？"瑕不徦"，即《式微篇》之"胡不归"，彼归字本亦当训嫁也。《墨子·经上篇》曰"谓，移举加也"，言移此举以加之于彼，此析字义最精。归亦有移义，故《荀子·王制篇》曰"使相归移也"。《列子·说符篇》张注曰"谓者所以发言之指趣"，《汉书·杨王孙传》颜注曰"谓者名称也，亦指趣"，《华严经音义》下引《汉书音义》曰"谓者指趣也"。有所趣，即有所归，《淮南子·原道篇》高注曰"趣亦归也"。谓归一语，故并训趣。《说文》曰："谓，报也。"报赴声近，古亦通用。（《礼记·少仪》"毋报往"注曰"报读赴疾之赴"，《丧服小记》"报丧者报虞"注同，《古诗为焦仲卿妻作》"吾今且报府"，即赴府。）谓归一语，报赴一语，谓训报，犹归训赴也。谓之与归，初本无别。其分也，则意有所趣赴谓之"谓"，身有所趣赴谓之"归"。其合也，则"归"为身言，而意之趣赴亦谓之"归"，汉严遵著书名《老子指归》是也，"谓"属意言，而身之趣赴亦谓之"谓"，《诗》"迨其谓之"，"瑕不谓矣"是也。然诗意即斥身之趣赴，则依字仍当以"徦"为正，"谓"为借。徦训行，趣赴即行矣。徦字不见其他经籍（字书中《玉篇》《广韵》而外，惟《广雅·释水》曰"渭，徦也"，王念孙疑徦之误，近是），而训行复与本篇《毛传》说吻合，疑徦即本篇三家异文之早佚者，故为康成所不及采。马瑞辰谓《传》读谓为会，"会而行之"之会即释经谓字，非是。谓会声类不同。

归有归往与归来二义。《诗》谓字训归往。《吕氏春秋·开春篇》曰："王者厚其德，积众善，而凤皇圣人皆来至矣。共伯和修其行，好贤人，而海内皆来稽（本作"以来为稽"，从俞樾改）矣，周厉之难，天子旷绝，而天下皆来谓矣。"来谓即来归也。《一切经音义》二三引《白虎通》，《庄子·逍遥游篇》释文引司马注并曰"稽，至也"。来至，来稽，来谓，义并同，谓读为归，归亦至也。此义虽与《诗》谓字微异，然亦可证谓归古字之通假。诸家校《吕览》或云请误，或云谒误，或云诣误。均不确，惟吴闿生谓《诗》"瑕不谓矣"与此同，最为卓识，特未悟字即归之假耳。

小 星

寔命不同　《传》:"寔,是也。命不得同于列位也。"《笺》:"谓诸妾肃肃然夜行,或早或夜,在于君所,以次序进御者,是其礼命之数不同也。凡妾御于君不当夕。"

舍命不渝　〔《郑风·羔裘》〕《笺》:"舍犹处也……是子处命不变,谓守死善道,见危授命之类。"

金文《令彝》曰"明公朝至于成周,【作册令】出令,舍三事令……舍四方令",《小克鼎》曰"王命膳夫克舍令于成周遹征八师之年",《毛公鼎》曰"父厝舍命,毋有敢惷,敷命于外"。令命同字,而古书多施舍连文,"舍命"犹言发号施令也。《令彝》言"出令",又言"舍令",《毛公鼎》言"舍命",又言"敷命",出敷亦施也。林义光、吴闿生、于省吾,并云《羔裘篇》之"舍命",即金文之"舍命",至确。(林训舍为锡,吴训为发,并与施义近。然古书言锡命,义有专属。吴说为长。)

今案本篇"寔命",寔读为寘(《易·坎》上六"寘于丛棘",姚信本作寔),寘命亦即舍命。《周南·卷耳篇》"寘彼周行",《魏风·伐檀篇》"寘之河之干兮",《大雅·生民篇》"诞寘之隘巷",寘并训舍。《庄子·人间世篇》曰"福轻于羽,莫之知载,祸重于地,莫之知寘"(今作避,此从《释文》引旧本),寘与载对举,谓舍而不载也。《传》《注》并训寔为置，置亦舍也。（《华严经音义》上引《广雅》曰"置，拾也"，舍捨同。）舍弃之舍亦谓之寔，故施令谓之舍命，亦谓之寔命。"舍命不渝"，《管子·小问篇》引《古语》作"泽命不渝"，泽即释字。寔训置，置亦训释（《汉书·郅都传》注"置，释也"。《史记·吴王濞传》正义"置，放释也"），放释与施出义亦近。施令谓之寔命，亦犹谓之释命矣。《诗》曰"肃肃宵征，夙夜在公"，命即公之命，谓公之政令也。本篇"寔命不同"，"寔命不犹"，并《羔裘篇》"舍命不渝"，《管子》"泽命不渝"皆古之成语，谓奉职不苟也，说详后文。

寔命不同　《传》《笺》说见前。

同读为詷。《说文》曰"詷，讕也"，"讕，诞也"。《家语·弟子篇》王注，《列子·黄帝篇》张注并曰："诞，欺也。"

谨行君命，不辞劳苦，是为不欺其君，故曰"寔（实）命不詷"。《毛公鼎》曰"父膺舍命，毋有敢憃"，憃亦读为詷。（《淮南子·坠形篇》注"憃读人谓憃然无知之憃也"，《一切经音义》一七引《仓颉解诂》"憃无所知也"，《庄子·山木篇》"侗乎其无识"《释文》"侗，无知貌"。憃之通詷，犹憃之通侗。）寔命犹舍命，说具上条，"毋有憃憃"亦即"不詷"，《诗》与金文，义可互证。《说文》曰："詷，共也，一曰讕也。"《礼记·祭统篇》"铺筵设同几"，郑注"同之言詷也"，《疏》曰："同共之同，言旁作同，故《古文字林》皆训詷为共。是汉魏之时，字义如此，是以读同为詷。今则总为一字。"据此，则诗字或本作詷，训讕，读者误为共詷之詷，乃改从今字耳。

寔命不犹　《传》："犹，若也。"《笺》："诸妾夜行，抱衾与床帐，待进御之次序。不若，亦言尊卑异也。"

舍命不渝　〔《郑风·羔裘》〕《传》："渝，变也。"

其德不犹　〔（《小雅·鼓钟》）〕《传》："犹，若也。"《笺》："犹当作瘉，瘉，病也。"

《方言》一三曰"猷，诈也"，《广雅·释诂》二曰"犹，欺也"，猷犹同。案犹训若，若者似是而非之谓，故引申为欺诈之义。《小雅·斯干篇》曰"兄及弟矣，式相好矣，无相犹矣"，马瑞辰训犹为欺诈，是也。今谓《鼓钟篇》"其德不犹"，犹亦训欺。一章曰"淑人君子，怀允不忘"，《笺》训允为信，二章曰"淑人君子，其德不回"，回读为违，不违即不背信，三章曰"淑人君子，其德不犹"，犹训欺，不欺亦即不失信也。本篇"寔命不犹"与上章"寔命不同（詷）"同义，犹与詷皆欺也。《羔裘篇》曰"舍命不渝"，渝犹声近义通。（《斯干》《鼓钟》二犹字，《笺》并谓当作瘉，说虽未是，然可证二字声近。）不渝亦谓不欺，故《管子·小问篇》曰"泽命不渝'，信也"。且诗上文曰"洵直且侯"，不渝与直义相应，不欺亦即直矣。《传》训渝为变者，变与欺义亦相因，变诈即欺诈也。

江有汜

江有汜　《传》："决而复入为汜。嫡能自悔也。"《笺》："江水大,汜水小,然而并流,似嫡媵宜俱行。"

泾以渭浊湜湜其沚〔《邶风·谷风》〕《传》："泾渭相入,而清浊异。"《笺》："小渚曰沚。泾水以有渭,故见渭浊。湜湜,持正貌。喻君子得新婚,故谓己恶也。己之持正守初,如沚然不动摇。此绝去所经见,因取以自喻焉。"

本篇二章《传》曰"水歧成渚",《说文》曰"汶,水都也,一曰水分流也"。歧与汶,渚与都,并同。三章《传》曰"沱,江之别者"。《书·禹贡》曰"岷山导江,东别为沱",《传》义本之《禹贡》。郑注曰"今南郡枝江县有沱水",《水经·江水注》曰:"江水东迳上明城北,江沱枝分,东入大江,县治洲上,故以枝江为称。"案沱之言它也,本训枝出,枝江即沱水别名,县以水为名也。(沱今字作汊。《集韵》:"汊,水歧流也。"汊之言杈也,《说文》:"杈,枝也。"《礼记·礼器》"晋人将有事于河,必先有事于恶池",《秦诅楚文》作亚驼。恶池之言犹桠枝也,《广韵》引《方言》"江东曰树枝为桠杈",水之歧流,如水之枝杈,故曰恶池。)渚也,沱也,皆水之枝流,则汜亦宜然。

木华《海赋》曰"枝歧潭瀹,渤荡成汜",《汉书·叙传》"芊疆大于南汜"，颜注曰"汜，江水之别也"。木颜说汜，并与沱同义，最为确诂。巳古作㠯，与它同字，故汜沱亦本同字。《易林·逐之巽》，《明夷之噬嗑》并曰"江水沱汜"，沱汜连语，汜亦沱也。妇人盖以水喻其夫，以水道自喻，而以水之旁流枝出，不循正轨，喻夫之情爱别有所归。下文"之子囨（从钱大昕、冯登府补）归，不我以"，之子谓新昏，以读为与，相亲与也，言新人来而故人疏，犹水决归汜而江涸也。《传》曰："决而复入为汜。"案汜本训水枝流，水决则歧出，以决释汜，可也。既决之后，或复入，或否，皆谓之汜。《传》专以决而复入者为汜，探下文"其后也悔"以为说也。

《谷风篇》"湜湜其沚"，《笺》曰"小渚曰沚"。案渚即本篇"江有渚"《传》"水歧成渚"之渚，是沚亦水之枝流。沚从止声，止即趾字，趾为足之枝出者，故水之枝流谓之址。字亦作沶（《秦风·蒹葭篇》"宛在水中沚"，《韩诗》作沶，《尔雅·释水》"小渚曰沚"，《释文》"沚本作沶"，此虽谓水中之土，与《诗》沚字异义，然亦可证沚沶二字同），《穆天子传》一"以饮于枝沶之中"，郭注曰"水歧成沶，沶，小渚也"，沶为水枝流，故曰枝沶。此诗妇人以泾水喻夫，以渭之水道自喻，以泾之枝沚喻新人，言泾水流于渭中，则浊，及其旁溢而入于沚中，则湜湜然沶，今君子与己居而日相怨怒，与新人居则和乐，亦犹是也。下文"宴尔新昏，不我屑以"，即承此言之。

《说文》沱下引《诗》作"江有沱"，吕祖谦《读诗记》引董氏说《石经》亦作沱。以芘一作芷（《尔雅·释草》"蕲芷，蘪芜"，樊光本作芷，《礼记·内则》"妇或赐之芘兰"，《释文》本又作芷），䝱一作蹟（《玉篇》）例之，则沱亦沱字，因之汜沱亦同字矣。

本篇江决为汜，与《谷风篇》泾别为沚，取喻正同，而此曰"之子于归，不我以"，与彼曰"宴尔新昏，不我屑以"，旨词亦合，参校二诗，喻意益明。《传》、《笺》说俱未憭。

《卫风·氓篇》曰"淇则有岸，隰则有泮，——总角之宴，言笑晏晏，信誓旦旦"，此亦以河流喻爱情。隰当为湿，即漯水（蔡启盛说），泮与畔同，亦岸也。淇湿之水以厓岸自拱持，而不旁出横噎，喻夫昔日之专一纯固，不二三其德。"总角之宴"三句极陈昔年乐事以点醒喻意。此与本篇、《谷风篇》，虽意有反正，而取喻则一。近世歌谣设喻亦有类此者。川东情歌曰"好个堰塘又无水，好个姐儿又无郎"，云南罗次情歌曰"早早认得贪花路偌远，生死守着老花园，守着干沟等水放，守着死树等花开"，寻甸情歌曰"我是河中大石头，过了多少水波浪"，皆以水喻男，水道喻女也。川东情歌又曰"送郎看见一条河，河边一个回水沱，江水也有回头意，情哥切莫丢了奴"，此以江水入沱喻郎与己别，而借沱之倒流归江，以讽郎还反于己，与本篇造意最近。广东梅县情歌曰："河水大里（了）河岸崩，阿妹走里（了）那儿跟，妹子走里（了）无处问，朝看日头夜看星。"此以水喻女，与传统习惯相反，然设喻之基本母题，固犹未变。云"河岸崩"，与《氓篇》言淇湿之岸泮，若合符节。

其后也处 《传》："处，止也。"《笺》："止，嫡悔过自止。"

瘨忧以痒 《小雅·正月》]《传》："瘨痒皆病也。"

鼠思泣血〔《小雅·雨无正》]《笺》："鼠，忧也。"

《正月篇》曰"瘨忧以痒"，《雨无正篇》曰"鼠思泣血"，瘨与鼠同，皆忧也。忧思义近，瘨忧犹鼠思耳。

本篇曰"其后也处"，处读为瘨，亦忧思之谓。古人于心理之苦痛，与生理之苦痛，不甚区别，故忧病二词，义可互通。《山海经·中山经》"脱扈之山，有草名曰植楮，可以已瘨"，郭注曰"瘨，病也"。字一作鼠。《淮南子·说山篇》曰"貍头愈鼠，鸡头已瘘，虻散积血，斲木愈龋，此类之推者也"，《中山经》注，《太平御览》七四二，又九一二，并引鼠作瘨。字又作处。《吕氏春秋·爱士篇》曰"阳城胥渠处，广门之官夜款门而谒【赵简子】曰：'主君之臣胥渠有疾，医教之曰，得白貍（本作骡，误）之肝，病则止，不得则死。'"高注曰"处犹病也"，朱骏声读处为瘨，殆不可易。今案训病之瘨通作处，训忧之鼠亦通处。《诗》字则读为训忧之鼠。二章曰"其后也悔"，悔与痗通（《小雅·十月之交》"亦孔之痗"《释文》"痗本又作悔"《尔雅·释诂》释文痗有昧晦二音），本章曰"其后也悔"，痗鼠，皆兼心理苦痛与生理苦痛二义。三章曰"其啸也歌"，亦所以表忧伤之情。详下条。

"它"本蛇字，"尤"象兽形，卜辞"亡它""亡尤"则训灾祸，尤又引申为过失，为怨尤。古语此类甚多。鼠亦害人之物，与它尤同类，故亦引申为病，为忧。然则忧病之义，鼠为本字，瘨为后起专字，处则同声假借也。

其啸也歌 《笺》："啸，蹙口而出声，嫡有所思而为之。既觉自悔而歌。歌者，言其悔过以自解说也。"

条其歗矣 〔《王风·中谷有蓷》〕《传》："条条然歗也。"

歗歌伤怀 〔《小雅·白华》〕

啸歗字同。（《说文·欠部》引本篇作歗，《中谷有蓷篇》，《白华篇》释文并曰："歗本作啸。"）

啸训蹙口出声，本为鸣声，今语所谓口哨，是也。然呼声之高激者亦近鸣，故呼声亦谓之啸，《楚辞·招魂》曰"永啸呼些"，《礼记·内则篇》"不啸不指"，郑注曰"啸读为叱（本说此字）叱"，是也。鸣声之啸与嚆义近，《庄子·在宥篇》"焉知曾、史之不为桀、跖嚆矢也"，《释文》"嚆，许交反"，引向《注》曰"嚆矢，矢之鸣者"。呼声之啸与号义近，《说文》曰"号，痛声也"，号號同。《诗》啸字皆训號。《中谷有蓷篇》"条其歗矣"，与"嘅其叹矣"、"啜其泣矣"并举，歗犹号也。《列女传》三《漆室女传》曰"女倚柱而啸。旁人闻之，莫不为之惨者"，义与此同。《中谷有蓷篇》歗字用为动词，《白华篇》之歗，本篇之啸，则用为副词。《白华篇》曰"歗歌伤怀"，谓號哭而歌，忧伤而思也。《颜氏家训·风操篇》曰"礼以哭有言者为號"，《汉书·刘向传》"號曰"颜师古注曰"號谓哭而且言也"。啸歌者，即號歌，谓哭而有言，其言又有节调也。本篇曰"其啸也歌",其训将(上二章其字并同),言将嚎然而歌也。《诗》凡言"口也",上一字多为副词。"其后也悔","其后也处"与"今也每食无余","令也日蹙国百里",也上一字皆表时副词。"其啸也歌"与"俾也可忘","况也永叹","烝也无戎","展也大成","市也婆娑","匪直也人","允也天子"(后二例省系词),也上一字皆表状副词。

野有死麕

无感我帨兮 《传》:"感,动也。帨,佩巾也。"《笺》:"疾时无礼,强暴之男相劫胁。奔走失节,动其佩饰。"

帨,帨巾也,一曰缡,一曰袆,一曰蔽厀(厀字为膝字之本字,编者注),一曰巿,字又作韨若韠。《仪礼·士昏礼》曰"母戒女,施衿结帨",《豳风·东山篇》"亲结其缡",《传》曰:"缡,妇人之袆。母戒女,施衿结帨。"《传》引《礼经》结帨以释《诗》结缡,是缡即帨也。《尔雅·释器》"妇人之袆谓之缡"(《释文》袆本作袆),孙炎注曰"袆,帨巾也"。义与毛合。《方言》四曰"蔽厀,江淮之间谓之袆",《说文》曰"袆,蔽厀也",是帨又即蔽厀。《说文》曰"巿,上古衣蔽前而已,巿以象之",又曰"韠,韨也,所以蔽前",《释名·释衣服》曰"韠,蔽也,所以蔽厀前也,妇人蔽厀亦如之",是帨与巿、韨、韠,亦总为一物。《五经要义》曰:"太古之时,未有布帛,人食禽肉而衣其皮,但知蔽前,未知蔽后。"案近世社会人类学家咸谓加饰于前,所以吸引异性之注意,是衣服始于蔽前,名曰蔽之,实乃彰之。《太平御览》六四五引《慎子》曰:"有虞氏之诛,以幪巾当墨,以草缨当劓,以菲履当刖,以艾韠当宫。"韠可当宫者,以其为性器官之象征也。此最足代表蔽之即所以彰之之心理。《古今乐录》曰:"宋……少帝时,南徐一士子,从华山畿往云阳,见客舍有女子，年十八九，悦之无因，遂感心疾。母问其故，具以启母。母为至华山畿寻访，见女，具以闻。感之，因脱蔽膝，令母密置其席下，卧之当已。少日果差。忽举席。见蔽膝而抱持，遂含食而死。"

此又由器官之象征，扩大而为女性身体全部之象征。

《礼记·内则篇》曰："女子生，设帨于门右。"盖帨所以象征女性，故设帨以纪念女子之生。《诗》言"无感我帨兮"，亦以此物之具有象征意义，故视同神圣，而戒人之犯之也。虽然，诗人之义，微而隐，蔽之既即所以彰之，又焉知戒之非即所以劝之哉？

何彼襛矣

唐棣之华 《传》:"唐棣,栘也。"《笺》:"喻王姬颜色之美盛。"

渐车帷裳 〔《卫风·氓》〕《传》:"帷裳,妇人之车也。"《笺》:"帷裳,童容也。"

常棣之华 〔《小雅·常棣》〕《传》:"常棣,棣也。"

维常之华 〔《小雅·采薇》〕《传》:"常,常棣也。"《笺》:"此言彼尔者乃常棣之华,以兴将率车马服饰之盛。"

古者车上张盖,冒之以布或席,谓之襜(幨),字一作袡,声转为容,或谓之童容,又曰襜车,袡车,容车。襜之边缘,有浅垂如鳖甲之臄者,有深垂直下而成帷帐者。无垂与浅垂者皆谓之襜,深垂者谓之帷裳。帷裳即帷帐也。帷字一作帏,倒其文则曰裳帏。帷裳度又有与襜不相连属者,故析言之,襜在上而帷裳在旁,然有帷裳,则必有襜,故二者后世又每通称。妇人之车有帷裳,《列女传》四《贞顺篇·齐孝孟姬传》曰"野处则帷裳拥蔽",是也。《氓篇》曰"渐车帷裳",易顺鼎读渐为袡,谓"淇水汤汤,袡车帷裳",与《竹竿篇》"淇水浟浟,桧楫松舟",文同一例,其语至确。《仪礼·士昏礼》"妇车有袡",郑玄注曰"袡,车裳帏",《既夕记》"主妇车,疏布袡",注曰"袡者,车裳帏,于盖弓垂之"。《周礼·巾车》"王后之五路……皆有容盖"，郑众注曰"容谓之襜车，山东谓之裳帏，或曰潼（童）容。"二郑注《礼》，与后郑笺《诗》，皆混襜与帷裳为一也。（《御览》八二〇引曹植表："欲遣人到邺，市上党布五十匹，作车上小帐帷，谒者不听。"帐帷即裳帷，但此不必为妇人之车。）丧车亦有帷裳。《礼记·杂记》上篇曰"诸侯行而死于馆，则其复如其国……其輤有裧，缁布裳帷……士輤……蒲席以为裳帷"，此则别襜与帷裳为二物。兵车亦有帷裳。《齐策》五曰"攻城之费，百姓理襜蔽，举冲橹"，《淮南子·氾论篇》"隆冲以攻，渠幨以守"，高注曰"幨，幰也，所以御矢也"，《兵略篇》曰"虽有薄缟之幨，腐荷之橹，然犹不能独穿也"。凡此曰襜若幨者，当即帷裳。《采薇篇》曰："彼尔（薾）维何，维常之华。彼路斯何？君子之车。"此出师之诗，维常当读为帷裳，即《齐策》之襜，《淮南》之幨也。

古音唐棣与裳帷相近。唐棣一作常棣，常即衣裳本字。帷从隹声，棣从隶声，古读并归舌头，又同脂部，故帷棣声亦相近（肆《说文》作肄，从隶声。《书·汤诰》"肆台小子"，《墨子·兼爱下篇》作"惟余小子履"，《左传·成十三年》"昔逮我献公及穆公相好"，即昔惟我献公及穆公相好也，金文《吕行壶》"唯还"，《麦尊》"唯归"，即逮还逮归也）。本篇"何彼襛矣，唐棣之华，曷不肃雝，王姬之车"，与《采薇篇》四句格调正同，此以"唐棣"为"裳帷"，犹彼以"维常"为"帷裳"也。且张参《五经文字》曰："禯字见《诗·风》，从禾者讹"。案《说文·衣部》禯下引《诗》，并萧子显《代美女篇》"繁禯既为李，照水亦成莲"，字皆从衣，与张说合。正惟唐棣斥车服而言，故禯字从衣作。后人误唐棣为木，乃改禯字亦从禾作，真所谓义失于前，文变于后也。《论语·子罕篇》引逸诗曰"唐棣之华，偏其反而，岂不尔思，室是远而"（《春秋繁露·竹林篇》，《文选·广绝交论》注，并引唐作常），与《王风·大车篇》"大车槛槛，毳衣如菼，岂不尔思，畏子不敢"同一格调，彼毳衣本谓车衣（说详彼篇），此唐棣即裳帷，亦即车衣也。偏反即翩翩，正裳帷从风讽舞之状。逸诗唐棣亦读为裳帷，可与本篇互证。《常棣篇》曰"常棣之华，鄂不韡韡"，与本篇"何彼襛矣，唐棣之华"，语调亦近，特二句互易其次耳。常棣亦当读为裳帷，其韡字从韦作，亦犹本篇襛从衣作，韦古袆字，袆即衣也。二句但谓兄弟偕来，其车服之盛，有如此者。"鄂不"犹"胡不"，《笺》以鄂为花萼，不为花跗，喻兄弟"恩义之显"，曲说也。（详（《常棣篇》。）

要而言之，《采薇篇》之"维常"，即《氓篇》、《列女传》之"帷裳"。倒言之曰"裳帷"，其名见《礼记》，帷字或作帏，见《仪礼》后郑注者二，《周礼》先郑注者一，又作"帐帷"，见曹植表。《常棣篇》之"常棣"，本篇及逸诗之"唐棣"，并即"裳帷也"。然《诗》以"唐棣""常棣"为"裳帷"，乃谐声庾语，与寻常所谓假借者不同。"裳帷"之声本似"唐棣""常棣"，其以车服为花树，初或由于听觉之误会，继而觉以花树拟车服，不失为美妙之联想，因复有意加深其误会，以增强其联想，而直呼之为"唐棣之华"。晋宋民间乐府，此例最多，不烦枚举。夫双关语之游戏，例为初期文艺之惯技，《三百篇》岂能独外？自后人不悟谐声之秘，而于此类但以字面解之，于是诗之所以为诗者益晦矣。

其钓维何维丝伊缗　《传》："伊维，缗纶也。"《笺》："钓者以此有求于彼，何以为之乎？以丝为之纶，则是善钓也。以言王姬与齐侯之子以善道相求。"

籊籊竹竿以钓于洪　〔《卫风·竹竿》〕《传》："籊籊，长而杀也。钓以得鱼，如妇人待礼以成家室。"

《国风》中言鱼，皆两性间互称其对方之庾语。本篇及《竹竿篇》皆言钓，意仍指鱼，但不明出鱼字耳。汉乐府《白头吟》曰："凄凄复凄凄，嫁娶不须啼，愿得一心人，白头不相离。竹竿何嫋嫋，鱼尾何簁簁，男儿重义气，何用钱刀为！"魏文帝《钓竿篇》曰："钓竿何珊珊，鱼尾何簁簁，行路之好者，芳饵又何为！"近代民歌，则广东琼崖情歌曰："钓鱼钓到正午后，鱼未食饵心早操，收起钓竿回去室，打隔无还此路头。"（以上男唱）"钓鱼钓到正午后，鱼未食饵心勿操，日头钓鱼鱼见影，有心钓鱼夜昏头。"（以上女唱）潮州情歌曰："七丈溪水七丈深，七个鲤鱼头戴金，七条丝线钓不起，钓鱼阿哥空费心。"贵州安顺情歌曰："筋竹林头砍钓竿，闲着无事钓鱼玩，河中鱼儿翻白肚，不上金钩也枉然。"又曰："太阳落坡坡背阴，坡背有个钓鱼坑，有心钓鱼用双线，有心连妹放宽心。"云南寻甸情歌曰："大河涨水滩对滩，沿河两岸紫竹山，别人说他没用处，我说拿做钓鱼竿。"以上以钓鱼喻求偶，义尤显白，并可与《诗》参证。

邶　风

柏　舟

我心匪鉴不可以茹　《传》："鉴所以察形也，茹，度也。"《笺》："鉴之察形，但知方圆黑白，不能度其真伪。我心非如是鉴，我于众人之善恶内外，心度知之。"

茹犹含也。《大雅·烝民篇》"柔则茹之，刚则吐之"，茹有含义，故与吐对举。旧训食，含与食义亦相因。

古以水为鉴，而水可以含影。（张衡《灵宪》曰："日譬犹火，月譬犹水，火则外光，水则含影。"）古又称甘心受辱谓之含诟，《左传·宣十五年》曰"国君含垢"，《汉书·路温舒传》作诟。（《左传》贾注曰"含，忍也"，故含诟一曰忍诟。《离骚》"屈心而抑志兮，攘（囊）尤而忍诟"，《庄子·让王篇》"强力忍诟"，《荀子·解蔽篇》"厚颜而忍诟"。）此以鉴之含影，喻心之含诟，言鉴能含影，我心则不能含诟而不伸也。"不可以茹"起下"薄言往愬"之文。愬于兄弟即倾吐之于兄弟。愬吐亦声近义通。愬或体作诉，从斥声，斥有弃义（《汉书·武帝纪》注，《江都易王非传》注），而吐亦训弃（《仓颉篇》），斥与泻通（《禹贡》"滨海广斥"，《史记·夏本纪》作泻），而吐训泻（《广雅·释言》），泻泻字通，并其证。然则上言"不可茹"，下言"往愬"，茹与愬对举以见义也。《传》、《笺》说失之。

寤辟有摽 《传》："辟，拊心也。摽，拊心貌。"

独寐寤言 〔《卫风·考槃》〕《笺》："寤，觉……在涧独寐，觉而独言，长自誓以不忘君之恶。志在穷处，故云然。"

可与晤歌 〔《陈风·东门之池》〕《传》："晤，遇也。"《笺》："晤犹对也，言淑姬贤女，君子宜与对歌，相切化也。"

《召南·羔羊篇》"素丝五紽"，《齐风·南山篇》"葛屦五两"，陈奂读两五字并为交午之午，《秦风·小戎篇》"五楘梁辀"，于省吾读五亦为午，其说并是。案五午古同字，本象交午形（详《羔羊篇》），后世五为数字，午为日干字，交午之义，则以互为之（互平本一字，古音与五同）。

寤为五之孳乳字，本篇"寤辟（擗）有摽"，寤正当读为互。擗同捭，两手击也，摽读为嘌，有嘌犹嘌嘌，象击声。"寤擗有摽"，言两手交互击胸，其声嘌嘌然也。《考槃篇》之"寤言"、"寤歌"，"寤宿"（宿读为啸，详彼篇），《东门之池篇》之"晤歌"，"晤语"，"晤言"，谓以言词互相问答，或以歌声互相唱和，寤晤亦并读为互。《东门之池》笺训晤为对。对有面之对向与声之对答二义，依《正义》"对偶而歌"之说，则《笺》意乃斥面之对向，与《传》训遇者，仍无大别，俱非诗义。《考槃》笺训寤为觉，失之尤远。此诗寤字本与独字对举见义，言一人独宿，乃梦与他人互相问答唱和也。《说文》寤从寱省。此因言梦中情事，故字作寤。然字之主要涵义乃在"吾"不在"寱"，吾与五同，五即交午也。《笺》误读此字从"寱"义，而以为诗意寤与寐对举，故训为觉耳。

日居月诸胡迭而微 《笺》:"日,君象也。月,臣象也。微谓亏伤也,君道当常明如日,而月有亏盈。今君失道而任小人,大臣专恣,则日如月然。"

日居月诸照临下土 〔《日月》〕《传》:"日乎月乎,照临之也。"《笺》:"日月喻国君与夫人也。当同德齐意以治国者,常道也。"

瞻彼日月悠悠我思 〔(《雄雉》〕《传》:"瞻,视也。"《笺》:"日月之行,迭往迭来。今君子独久行役而不来,使我心悠悠然思之。女怨之辞。"

不日不月 〔《王风·君子于役》〕《笺》:"行役反无日月,何时而有来会期。"

东方之日兮 〔《齐风·东方之日》〕《传》:"日出东方,人君明盛,无不照察也。"《笺》:"言东方之日者,愬之乎耳……日在东方,其明未融……喻君不明。"

东方之月兮 〔《齐风·东方之日》〕《传》:"月盛于东方。君明于上,若日也,臣察于下,若月也。"《笺》:"月以兴臣。月在东方,亦言不明。"

《国风》中凡妇人之诗而言日月者,皆以喻其夫。《日月篇》曰:"日居月诸,照临下土,乃如之人兮,逝不古处",此以日月为夫之象,最为著明。《韩诗外传》四曰"夫照临而有别,妻柔顺而听从",夫言照临,即以日月为喻,义盖本乎此诗。本篇曰"日居月诸,胡迭而微",此以日月无光喻夫之恩宠不加于己也。《雄雉篇》曰"瞻彼日月,悠悠我思,道之云远,曷云能来",正惟日月为夫之象,故瞻日月而联想及于彼远道之人。《东方之日篇》曰"东方之日兮,彼姝者子,在我室兮",又曰"东方之月兮,彼姝者子,在我闼兮",则以日月在望喻夫之来至。《日月篇》"日居月诸,出自东方",兼言东方,与此同比。)至《君子于役篇》"君子于役,不日不月",以首章"不知其期"例之,自是不能以日月计之意(《管子·白心篇》"不日不月,而事以从"，尹注曰"但循道而往，不计日月，事已从而成也"），然亦未尝不可义取双关，兼以不见日月隐射夫之行役未归。以日月喻夫者，天象之著者莫著于日月，以天地比夫妇，言日月犹言天也。本篇一章曰"日居月诸，照临下土"，下土即下地，妇人以天喻夫，以地自喻，日月与下土对举，犹天与地对举。二章曰"日居月诸，下土是冒"，犹言天冒覆地也。《传》、《笺》泥于后世以日月分喻男女之观念，故于诸诗咸不得其解。《君子于役篇》言日月，义取双关，《笺》意但以无日月为无期，盖亦知其一，不知其二邪？（互详《日月篇》"俾也可忘"条。）

绿 衣

绿衣黄里 《笺》:"鞠衣黄,展衣白,褖衣黑,皆以素纱为里。今褖衣反以黄为里,非其礼制也,故以喻妾上僭。"

王先谦曰:"《说文》:'里,内衣也。'此章对里言,则衣是在表之衣,下章对裳言,知衣是在上之衣,因文以见义也。"案王谓此章之衣即下章之衣,固然,实则此章之里亦即下章之裳。此里谓在里之衣,即裳,非袷衣之里也。此章衣与里为二,犹下章衣与裳为二。衣在表,裳在里,衣短裳长,短不能掩长,故自外视之,衣在上,裳在下,此章曰"绿衣黄里",以内外言之,下章曰"绿衣黄裳",以上下言之,里之与裳,宁有二事哉?且末章曰"絺兮绤兮,凄其以风",絺绤为当暑之服,明诗作于夏日,而夏衣单衣,固不得有里。《易·坤》六五"黄裳元吉",《象传》曰"黄裳元吉,文在中也"。案中亦里也,衣质而裳文,裳在里,故黄裳之象为文在中。《左传·昭十二年》惠伯曰"故曰'黄裳元吉',黄,中之色也,裳,下之饰也",义同。《诗》称裳为里,犹《象传》惠伯称裳为中矣。

燕 燕

远送于南 《传》:"陈在卫南。"

王质说此诗曰:"二月中春(原误为)乙鸟至,当是国君送女弟适他围在此时也。"崔述曰:"但有惜别之意,绝无感时悲遇之情,而《诗》称'之子于归'者,皆指女子嫁者言之,未闻有称大归为于归者。恐系卫女嫁于南国,而其兄送之之诗,绝不类庄姜、戴妫事也。"案二氏并以为国君送女弟出适,是也。魏源曰:"'仲氏任只',犹《大明篇》之'挚仲氏任',自是薛国任姓之女,非陈妫之称。此诗即出庄姜,亦必送子完之妇,或系薛女。"又曰:"此妇本出薛国任姓。薛在卫东南,故云'远送于南'。《易林》云'涕泣长诀,我心不悦,远送卫野,归宁无咎',此亦以为公子妇之归宁也。"案诗非谓归宁,王、崔说自不可易。魏以"仲氏任只"证女为任姓,亦发千载未发之覆。惟周初以来,任姓大国,有任有铸,辄定为薛,殊无确据。(《周语》中"昔挚畴之国由太任"。挚即薛,见《唐书·宰相世系表》。畴一作祝,金文及《左传·襄二十三年》,《吕氏春秋·慎大篇》又并作铸。《左传·隐十一年》疏引《世本·姓氏篇》"任姓:谢、章、薛、舒、吕、祝、终、泉、毕、过",《潜夫论·志氏姓篇》"〔薛〕及谢、章、吕、采、祝、结、泉卑、过、狂犬氏,皆任姓也。")今酌取众说,定诗为任姓国君送妹出适于卫之作。

虽然，薛、铸接壤，均在今山东南部，由此往卫，当西北行，而云"远送于南"，何也？曰：南林古声近字通，此南字当读为林也。金文《士父钟》"䶎钟"即《左传·襄十九年》之"林钟"，《兮仲钟》，《井人妄钟》"大䶎钟"即《周语》下之"大林"，而《虢叔旅钟》"䶎鬴钟"，《楚王钟》又作"南鬴钟"，是林南可通之证一也。《夗𣪘》曰"令女足周师司䶎"，即司林，若周官林衡之比。或称"司某林"。《夗簠》曰"令夗作司土（徒），司郑，还䶎，眔虞，眔牧"，《同𣪘》曰"王命同左右吴大父司易林虞牧"。司郑、还䶎与司易林语例同，还䶎即还林，与易林皆林之私名。《然员鼎》曰"王兽（狩）于昹𣪘"，𣪘亦𣪘林字，而字从南作，是林南可通之证二也。（南甶或本系一字，有说别详。）"远送于南"即"远送于林"，犹"远送于野"也。

林野古为同义字。野古作埜（卜辞，金文，《吕氏春秋·爱士篇》，《玉篇》，《集韵》并同。《说文》作壄，加予为声符），从林从土，是野亦林也。（埜楚疑本亦同字，《说文》："楚，丛木也。"郑游楚字子南，南亦林字。）

《鲁颂·駉篇》传曰"邑外曰郊，郊外曰野，野外曰林，林外曰坰"，疑野也，林也，皆郊外之地，本无远近之别，故《诗》中每二名并举而为互文。《召南·野有死麕篇》曰"林有朴樕，野有死鹿"，《陈风·株林篇》一章曰"株林"，二章曰"株野"，凡此言林，并犹野也。本篇一章曰"远送于野"，三章曰"远送于林"，亦林野互文，特字假南为之，故读者咸不得其义耳。

《春秋经·桓三年》"公子翚如齐逆女，九月，齐侯送姜氏于讙。"《左传》曰："齐侯送姜氏，非礼也。凡公女嫁于敌国，姊妹则上卿送之，以礼于先君，公子，则下卿送之，于大国，虽公子，亦上卿送之。于天子，则诸卿皆行，公不自送。于小国，则上大夫送之。"《公羊传》曰："齐侯送姜氏于讙，何以书？讥。何讥尔？诸侯越竟送女，非礼也。"《谷梁传》曰："礼送女，父不下堂，母不出祭门，诸母兄弟不出阙门……送女踰竟，非礼也。"案诸书所记礼文，或系远古遗俗，久经废弃，或系后儒一家之言，从未实行，故往往与当时行为不合。本篇言国君嫁妹，远送林野，本不必以三传之说定其虚实或绳其曲直。且《公羊》但讥越竟送女，本篇送于林野，未越国竟，亦不得为非礼。《谷梁》云"父不下堂"即《仪礼·士昏礼》之"主人不降送"，不降送实即不送。《仪礼》盖战国时书，亦不必与《诗》尽合。且依《谷梁》，是下堂即已违礼，不待越竟，乃下文复云"送女踰竟，非礼也"，不知所讥者为送乎？抑送而踰竟乎？是其持说，已自相矛盾。若左氏谓卿或大夫"送之以礼于先君……公不自送"，礼于先君谓礼于先君之庙，是国君不惟不下堂，且未尝入庙。此与古俗"敬慎重正昏礼"之意尤不合。（《士昏礼》："主人筵于户西，西上右几。"〔郑注："设神席于庙。"〕又："主人揖入，宾执雁从，至于庙门，揖入。"《礼记·昏义》："主人筵几于庙，而拜迎于门外，入揖让而升，听命于庙，所以敬慎重正昏礼也。"案士礼如此，诸侯从可推焉。）覆案诸家之说，其互相参差已如此，又何足为考古之资乎？因国君送女之礼，与本篇有关，故附辩之。

日 月

逝不古处 《传》:"逝,逮,古,故也。"《笺》:"其所以接及我者,不以故处,甚违其初时。"

逝将去女 〔《魏风·硕鼠》〕《笺》:"逝,往也。往矣将去女,与之诀别之辞。"

噬肯适我 〔《唐风·有杕之杜》〕《传》:"噬,逮也。"

逝不以濯 〔《大雅·桑柔》〕《传》:"濯所以救热也,礼所以救乱也。"《笺》:"逝犹去也。我语女以忧天下之忧,教女以次序贤能之爵,其为之,当如手持热物之用濯。"

《尔雅·释言》曰:"遏,遾,逮也。"《方言》七曰:"蝎,噬,逮也。东齐曰蝎,北燕曰噬,逮,通义也。"《有杕之杜篇》传曰:"噬,逮也。"《小雅·四月篇》"曷云能谷",《传》曰"曷,逮也",《正义》以为《释言》文。案遏蝎与曷通,遾与噬通。噬,曷并训逮,是噬亦曷也。《有杕之杜篇》:"彼君子兮,噬肯适我!中心好之,曷饮食之!"噬与曷错举,曷为疑问副词,噬字亦然。下章"噬肯来游",义同。字一作逝。《有杕之杜篇》释文引《韩诗》噬作逝。本篇"逝不古处"《传》曰"逝,逮",《正义》亦以为《释言》文,而今《尔雅》作遾。"逝不古处"并下章"逝不相好",《桑柔篇》"逝不以濯",逝不均犹曷不也。《硕鼠篇》"逝将去女"亦谓"曷将去女"。《传》、《笺》诸说均非。

逝不古处 《传》："古,故也。"《笺》："其所以接及我者,不以故处,甚违其初时。"

我姑酌彼金罍 〔《周南·卷耳》〕《传》："姑,且也。"《笺》："君且当设燕飨之礼,与之饮酒以劳之。"

假寐永叹 〔《小雅·小弁》〕《笺》："不脱衣冠而寐曰假寐。"

於乎不显文王之德之纯假以溢我我其收之 〔《周颂·维天之命》〕《传》："假,嘉,溢,慎,收,聚也。"《笺》："溢,盈溢之言也……以嘉美之道,饶衍与我,我其聚敛之,以制法度……"

《广雅·释诂》二曰:"處,息也。"(《玉篇》、《广韵》同。)案凡言止息,休息,皆寓暂时之意,暂时即姑且。處曹宪音姑,盖即姑且字之或体。《礼记·檀弓》上篇曰"细人之爱人也以姑息",姑亦息也,姑息亦暂时之意。字一作鹽。《方言》十三"鹽,且也",郭注曰"鹽犹處也",《玉篇》曰"鹽,姑也"。经籍无處字,始见《广雅》,疑即本篇"逝不古处"古字之三家异文。古处本即姑处,此盖因与处字连文,故字变从处耳。"逝不古处",言曷不暂时留居,犹《卷耳篇》"我姑酌彼金罍"之言暂时酌彼金罍也。

然副词与动词同一语根时,例当先为动词,后为副词。古音"姑且"与"假借"同,疑副词"姑且"出于动词"假借",因之"姑且"之本字即"假借"矣。《小弁篇》"假寐永叹","假"为限制"寐"之副词(下文"不遑假寐",《晋语》五"蚤而假寐",可证),"假寐"与"永叹"对举。假寐即姑寐,犹言暂时寝息也。《维天之命篇》"假以溢我",假亦读为姑,溢与益同,读为锡,言文王以其德纯(《彔伯戜毁》"秉德夔纯",《善鼎》"秉德共纯"。《厚子壶》"承受纯德",谓纯与德),暂时锡我也。副词"假"之义为"姑",犹副词"借"之义为"且"。《大雅·抑篇》曰"借曰未知,亦既抱子","借曰"亦即"姑且曰"。借与(《郑风·溱洧篇》"且往观乎"，《唐风·山有枢篇》"且以喜乐，且以永日"，《小雅·吉日篇》"且以酌醴"之且，皆暂时之意也。以上《周颂》《大雅》用假用借，为古本字，《国风》用姑（古）用且，为后起假声字，《小雅》用假用且，古本字与后起假声字互见，比而观之，可以觇各诗写定年代之先后矣。

俾也可忘　《笺》："俾，使也。君之行如此，何能有所定，使是无良可忘也。"

洵有情兮而无望兮　〔《陈风·宛丘》〕《笺》："此君信有淫荒之情，其威仪无可观望而则效。"

万民所望　〔《小雅·都人士》〕《笺》："都人之士，所以要归于忠信，其余万民寡识者，咸瞻望而法效之。"

望有仰望托恃之义。《左传·成九年》曰"大夫勤辱，不忘先君，以及嗣君，施及未亡人，先君犹有望也"，《襄三年》曰"以敝邑介在东表，密迩仇雠，寡君将君是望"，《二十七年》曰"善哉保家之主也，吾有望矣"，《昭二年》曰"敢拜子之弥缝敝邑，寡君有望矣"，《八年》曰"顷灵福子，吾犹有望"，《十六年》曰"孺子善哉，吾有望矣"，望皆恃赖之意。《都人士篇》曰"万民所望"，言君子为万民所瞻望而托恃者。《宛丘篇》曰"洵有情兮，而无望兮"，言歌舞祀神之人，虽有诚信之情，而此身无可托恃，意谓鬼神之渺茫难知也。

本篇"俾也可忘"，忘读为望。望忘古字通。《金文虢毁》曰"虢弗敢望公白休"，《县妃毁》曰"其自今日孙孙子子毋敢望伯休"。字一作諲，《献鼎》曰"十叶不趠"，《师望鼎》曰"王用弗諲圣人之后"，《召卣》曰"召弗敢諲王休异"，《帅佳鼎》曰"曰余叔母，庸有諲？"以上望諲并借为忘。《诗》则借忘为望。"胡能有定，俾也可望"，言愿夫能定居，使己益可得而仰望托赖之也。

古者以日月比君上，故上之于下曰照临，而下之于上曰仰望。《左传·桓二年》曰"君人者，将昭德塞违，以临照百官"，《昭二十八年》曰"照临四方曰明"，此上于下曰照临者也。《都人士篇》曰"万民所望"。《左传·襄十四年》师旷曰"民奉其君……仰之如日月……夫君……民之望也",《汉书·郊祀志下》曰"百姓印望",此下于上曰仰望者也。师旷言"仰之如日月",尤可证凡于人君言望者,本以日月为喻。又《左传·昭三年》曰:"齐侯使晏婴请继室于晋,曰:'……不腆先君之适,以备内官,焜燿寡人之望,则又无禄,早世陨命,寡人失望。君若不忘先君之好,惠顾齐国……照临敝邑,镇抚其社稷,则犹有先君之适及遗姑姊妹若而人,君若不弃敝邑,而辱使董振择之,以备嫔嫱,寡人之望也。"曰"焜燿寡人之望",明所望者为有光体。"焜燿"与"照临"对举,亦以日月为喻也。

夫照临者务在抚育,而仰望者情切恃赖,故义之引申,临亦训抚,而望亦训恃,夫妻之道犹君臣也。是以夫之于妻亦曰照临,妻子于夫亦曰仰望。本篇上文曰"日居月诸,照临下土",喻夫道,此文曰"俾也可望",喻妻道,两两对举,义相关连,与《左传》以"焜燿寡人之望"与"照临敝邑"对举,其比正同。《笺》读本篇之"忘"如字,大乖《诗》旨,释《宛丘》《都人士》两望字为观望而则效之,亦未切确。(互详《柏舟篇》"日居月诸"条)

父兮母兮畜我不卒　《笺》:"畜,养,卒,终也。父兮母兮者,言己尊之如父,又亲之如母,乃反养遇我不终也。"

母也天只不谅人只　〔《鄘风·柏舟》〕《传》:"谅,信也。母也天也,尚不信我,天谓父也。"

《史记·屈原列传》曰:"天者人之始也,父母者人之本也。人穷则反本,故劳苦倦极,未尝不呼天也,疾痛惨怛,未尝不呼父母也。"《孟子·万章上篇》曰"舜……号泣于旻天,于父母",于读为呼,《列女传·有虞二妃传》正作呼。《小雅·巧言篇》曰"悠悠昊天,曰父母且!无罪无辜,乱如此幠",林义光读曰为越,训与,云"言昊天越父母者,因疾痛而呼天呼父母"。案林说是也。(《柏舟篇》曰"母也天只!不谅人只",此女子失恋之诗,"不谅"谓彼舟中之男子不信己。"母也天只",则痛极而呼天呼母之辞。本篇曰"父兮母兮!畜我不卒",上句亦痛极而呼父母之辞。妇人以夫好已不终。(畜训好,说本马瑞辰。)悲痛之情,无可告愬,故呼父母也。《柏舟》传训天为父,而以不谅为父母不谅己,本篇《笺》以父母指夫,而解之曰"言尊之如父,亲之如母",并迂曲已甚。

终 风

终风且暴 《传》："终日风为终风。暴，疾也。"《笺》："既竟日风矣，而又暴疾。兴者，喻州吁之为不善，如终风之无休止，而其间又有甚恶。"

《说文》曰："瀑，疾雨也，从水暴声，《诗》曰'终风且瀑'。一曰沫也，一曰暴霣也。"案《说文》又曰"齐人谓靁为霣"，《广雅·释天》亦曰"霣，雷也"，是暴霣即暴雷（说本朱骏声）。疑本篇暴字，三家亦有训为雷者。二章曰"终风且霾"，《尔雅·释天》曰"风而雨土曰霾"。三章曰"终风且曀"，曀当从《韩诗》作㙪，天阴尘起也。（末章"曀曀其阴"，《韩》作㙪㙪，此章曀字当与彼同。）霾㙪义同。末章曰'曀曀其阴，虺虺其靁'，此以上句申二三两章之霾曀，下句申首章之暴，暴即雷也。终本当训既（王念孙说）。试依《传》训暴为疾，则"终风且暴"犹既风且疾，殊为不词。

依《尔雅·释天》"日出而风为暴"，以暴为风名，则"终风且暴"又犹既风且风，尤不成文义。《说文》作瀑，训疾雨，于义稍胜矣。然下章言霾，谓大风扬尘，夫既已有雨，又焉得有尘？是以知其说之亦不可通。惟据《说文》一说训暴为雷，乃与上下文义无牾，且与末章"虺虺其靁"之文相应，今姑从之。

击 鼓

爰居爰处爰丧其马　《传》："有不还者,有亡其马者。"《笺》："爰,于也……今于何居乎?于何处乎?于何丧其马乎?"

爰采唐矣沫之乡矣　〔《鄘风·桑中》〕《传》："爰,于也。"《笺》："于何采唐?必沫之乡。"

乱离瘼矣爰其适归　〔《小雅·四月》〕《笺》："爰,曰也。今政乱国将有忧病者矣,曰此祸其何所之归乎?"

右爰字俱疑问代名词,犹言在何处也。本篇曰："爰居爰处?爰丧其马?于以求之?于林之下。"以与台同,犹何也,于以即于何(杨树达说),爰亦于何也。上言爰,下言于以,变文避复,兼以足句。《桑中篇》曰"爰采唐矣?沫之乡矣",与下文"云谁之思,美孟姜矣",文同一例,爰谁皆疑问代名词。以上诸爰字《传》《笺》虽并训于,而《笺》于通释全文时仍曰"于何",盖紬绎《诗》辞,得之象外,而初不自觉也。《硕鼠篇》一章曰"爰得我所",二章曰"爰得我直",三章曰"谁之永号",亦爰与谁对举。又各章上文俱曰"逝将去女",逝犹曷也(详《日月篇》),逝谓何时,爰谓何地,亦皆疑问代名词。《四月篇》曰:"乱离瘼矣,爰其适归?"犹言其将归向何处也。《正义》曰:"此忧病之祸,其何所之归乎?"

任昉《为范尚书让吏部表》曰:"乱离斯瘼,欲以安归?"皆与

《诗》意符合。《家语·辨政篇》,《华阳国志》九《李特雄期寿势志》并引(《诗》爰作奚,字虽有误,而于《诗》之疑问语气固自吻合。以上二篇诸爰字,《笺》俱训为曰,则诗人忧愤之情,悲呼之状,胥不可见矣。林义光已释《四月篇》之爰为在何处,而不及余三篇,因补论之,以广其说。

于嗟洵矣 《传》:"洵,远。"《笺》:"叹其弃约,不与我相亲信。亦伤之。"

《释文》曰"洵,呼县反",疑字即借为县。《大雅·灵台篇》笺曰"枸,所以悬钟鼓也。"字一作簨,又作虡。《文选·西京赋》薛注曰"县枸格曰虡",《笛赋》"磬襄弛悬",李注曰"悬,钟架也"。是钟鼓架名,县悬为本字,枸簨虡等为后制之形声专字。洵读为县,犹枸簨虡之本作县也。县有久义。盖县则停(《后汉书·皇甫规传》注:"悬犹停也"),停则久,因之久亦曰县久,《荀子·性恶篇》"加日县久",杨注曰"县久,县系以长久",是其义。《诗》曰"于嗟阔兮,不我活(会)兮,于嗟洵(县)兮,不我信兮",上二句以地言,下二句以时言,谓戍地之辽远,既隔绝我身,使不能与室家相会,戍时之县久,又失信于我,使不能如期以归也。《传》、《笺》说俱未瞭。《韩诗》洵作敻,训远,亦非达诂。

凯 风

凯风自南 《传》："兴也。南风谓之凯风,乐夏之长养者。"《笺》:"兴者,以凯风喻宽仁之母,棘犹七子也。"

《庄子·齐物论篇》说风曰"是唯无作,作则万窍怒呺",《文选·风赋》曰"盛怒于土囊之口",《淮南子·天文篇》曰"天之偏气,怒者为风",此皆以人之忿怒喻风。《诗》言风,则多以喻暴怒之男性。《邶风·谷风篇》曰"习习谷风,以阴以雨,黾勉同心,不宜有怒",此以谷中大风喻夫之暴怒。(谷风非和舒之东风,说详《邶风·谷风篇》。)《小雅·谷风篇》曰"习习谷风,维山崔嵬,无草不死,无木不萎",亦以谷风喻夫之残暴。《邶风·终风》笺谓风以喻州吁。诗与州吁之关系若何,虽不可知,其以风喻暴戾之男性,则较然明白。《小雅·何人斯篇》亦女子之词(详彼篇),诗曰:"彼何人斯!其为飘风,胡不自北?胡不自南?"此以飘风喻男子之无情也。本篇曰"凯风自南,吹彼棘心",棘心即下章之棘薪,而《诗》中兴义之薪,皆喻妇女(详具下条),故知此言凯风吹棘(凯风谓大风,详下),棘乃谓七子之母,风则其父也。下文曰"吹彼棘心,棘心夭夭",夭夭为倾屈之貌(详《周南·桃夭篇》),棘受风吹而倾屈,喻母受父之虐待,故又曰"母氏劬劳"。《序》曰:"卫之淫风流行,虽有七子之母,犹不能安其室。"七子之母不安其室,当系相传古谊,淫风流行,则作《序》者私所涂附。夫母以不堪父之虐待而思去，则咎不在母，故《孟子·告子下篇》以为"亲之过小"。赵注曰："《凯风》言'莫慰母心'，母心不说也，知亲之过小也。"不悦盖即遇人不淑之意。《孟子》之意，盖谓妇人当从一而终，今乃欲舍其夫与七子而去，则失为妻为母之道，此其所以为过也，特以其被迫至此，故又为过之小者。审如《序》说，以"淫风流行"为妇人所以不安其室之故，则是千载母仪之羞，此而谓之过小，孰为大过乎？惟是七子处境，则诚甚难，母既无可责，父亦不可怨，惟有陈诗自咎，冀父与母心皆有所感，而终以言归于好而已。虽然推原情实，过本在父，故篇中一则曰凯风吹棘，再则曰寒泉浸薪，皆隐射父之不能善待其母。（寒泉说详下。）明乎此，则诗之作，名为慰母，实为谏父耳。

岂声字多有大意。《吕氏春秋·不屈篇》曰"恺者大也"，《说文》曰"剀，大镰也"，《广雅·释诂》一曰"凯，大也"。（《汉书·司马相如传》"临曲江之陿州"张注及《广雅·释诂》二并云"陿，长也"，长大义相因。）凯风者，大风也。

《诗》曰"凯风自南"，而南风《夏小正》谓之俊风，《吕氏春秋·有始篇》，《淮南子·坠形篇》谓之巨风，《淮南子·天文篇》，《史记·律书》谓之景风，俊巨景皆大也（说本马瑞辰）。

风大则无不飘疾暴怒，《大雅·卷阿篇》曰"飘风自南"，凯风犹飘风矣。《玉篇》曰"飙，疾风也"，凯飙声近，凯或即飙之借字。要之，凯风非和乐之风，其所喻亦不指宽仁之母，则明甚。《传》、《笺》义与《孟子》"亲之过小"之语不相应，昔儒颇多异说。今依全诗设喻之通义，以求《孟子》之意，而定此诗为七子谏父之作，庶可以息千载聚讼之纷乎？

吹彼棘心 《传》："棘，难长养者。"《笺》："棘犹七子也。"

金文心字作Ψ象心房形，此心脏字，又作ῳ此心思字，▮为声符兼意符。▮者纤之初形（心纤古音同部），今字作尖。《释名·释形体》

曰："心，纤也，所织纤微无不贯也。"阮元谓此训最合本义，《说文》心部次于思部，思部次于囟部，而系部细部即从囟得声得义，故知心亦有纤细之义。案阮说是也。

　　心从●会意，故物之纖锐者亦得冒心名。枣棘之芒刺，物之纖锐者也，故亦谓之心。《易·坎》上六"寘于丛棘"，虞注曰"坎多心，故丛棘"，又《说卦》传"坎……其于木也为坚，多心"，虞注曰"坚多心，枣棘之属"。棘之芒刺谓之心，因之棘亦谓之心。《尔雅·释木》"朴樕，心"，《野有死麕篇》正义引孙注曰"朴樕一名心"，又引某氏注曰"朴樕，槲樕也，有心，能（耐）湿，江淮间以作柱"。合棘与心二字为复合名词，则曰棘心。《仪礼·特牲馈食礼》曰"棘心匕刻"，棘心匕即《小雅·大东篇》"有捄棘匕"之棘匕。然则棘心犹棘也。诗一章曰"吹彼棘心"，二章曰"吹彼棘薪"者，以其体言则曰棘心，以其用言则曰棘薪，其实皆即棘耳。《传》"棘，难长养者"，段玉裁云棘下夺心字，棘心对下章棘薪为其成就者而言，谓棘之初生萌蘖，故云难长养者（案此说实本《集传》）。此申《传》义或是，《经》意则未必然。知之者，《诗》又曰"棘心夭夭"，夭夭，倾屈貌（详（《周南·桃夭篇》），心果谓萌蘖，其受风吹，安知夭夭之状乎？乐府《长歌行》曰"凯风吹长棘，夭夭枝叶倾"，谓之长棘，则非萌蘖，明矣。阮元、徐灏并知心为芒刺之名，而不知其又由芒刺引申为木名，此亦未达一间，盖风吹芒刺，亦不得夭夭之状也。诸家皆泥于《传》说，以棘喻七子，谓心其幼小时，而薪则其已长大者。实则棘心即棘薪，而薪于《诗》例为妇人之象征，本以指母，非指子也。说详下条。

　　吹彼棘薪　《传》"棘薪，其成就者。"

　　翘翘错薪言刈其楚　〔《周南·汉广》〕《传》："翘翘，薪貌。错，杂也。"《笺》："楚，杂薪之中尤翘翘者，我欲刈取之，以喻众女皆贞絜，我又欲取其尤高絜者。"

　　不流束薪　〔《王风·扬之水》〕《笺》："激扬之水至湍迅，而不能流移束薪。兴者，喻平王政教烦急，而恩泽之令，不行于下民。"

不流束薪 〔《郑风·扬之水》〕

析薪如之何 〔《齐风·南山》〕《笺》："此言析薪必待斧，乃能也。"

绸缪束薪 〔《唐风·绸缪》〕《传》："男女待礼而成，若薪刍待人事而后束也。"《笺》："昏而火星不见，嫁娶之候也。今我束薪于野，乃见其在天，则三月之末，四月之中，见于东方矣，故云不得其时。"

烝在栗薪 〔《豳风·东山》〕《传》："烝，众也，言我心苦事又苦也。"《笺》："烝，尘，栗，析也。言君子又久见使析薪，于事尤苦也。古者声栗裂同也。"

伐木掎矣析薪扡矣 〔《小雅·小弁》〕《传》："伐木者掎其巅，析薪者随其理。"《笺》："掎其巅者，不欲妄蹈之。扡谓观其理也。必随其理者，不欲妄挫折之。以言今王之遇太子，不如伐木析薪也。"

无浸获薪 〔《小雅·大东》〕《传》："获，艾也。"《笺》："获，落木名也。既伐而析之以为薪，不欲使氿泉浸之。浸之，则将湿腐不中用也。今谭大夫契契忧苦而瘖叹，哀其民人之劳苦者，亦不欲使周之赋敛小东大东尽极之，尽极之，则将困穷亦犹是也。"

析其柞薪 〔《小雅·车舝》〕《笺》："登高冈者，必析其木以为薪。析其木以为薪者，为其叶茂盛。蔽冈之高也。此喻贤女得在王后之位，则必辟除嫉妒之女，亦为其蔽君之明。"

樵彼桑薪卬烘于煁 〔《小雅·白华》〕《传》："桑薪，宜以养人者也。"《笺》："人之樵取彼桑薪，宜以炊饔膳之爨，以养食人。桑薪，薪之善者也，我反以燎于煁灶，用炤事物而已。喻王始以礼取申后，申后礼仪备，今反黜之，使为卑贱之事，亦犹是。"

《南山篇》曰"析薪如之何？匪斧不克。取妻如之何？匪媒不得"，此以析薪喻取妻，最为显白。《车舝篇》为新婚之诗，诗曰"陟陂高冈，析其柞薪。析其柞薪，其叶湑兮。鲜我觏尔，我心写兮"，所言析薪，是比非赋，玩前后各章自明。吕氏《读书记》引陈氏曰"析薪者以喻昏姻"，是也。《绸缪篇》传曰"男女待礼而后成，若薪刍待人事而后束也"，此其解说，虽近穿凿，其以束薪喻婚姻，则自不误。至《笺》于《汉广篇》谓错薪喻众女皆贞絜，于《车舝篇》谓柞薪喻嫉妒之女，于《白华篇》又谓桑薪喻贤淑之申后，所喻之女，时而贞絜，时而嫉妒，时而贤淑，不免凭肛附会，然谓薪以喻女，则确不可易。《小弁篇》本妻不见答之诗。三章"靡瞻匪（彼）父，靡依匪（彼）母"，即"女子有行，远父母兄弟"之意，又曰"不属于毛（表），不罹（离）于里"，言外不容于夫家，内不属于父母之家也。末章"无逝我梁，无发我笱，我躬不阅，遑恤我后"，则与《邶风·谷风篇》文同，而彼乃弃妇之词。五章曰："鹿斯之奔，维足伎伎，雉之朝雊，尚求其雌。譬彼坏木，疾用无枝，心之忧矣，宁莫之知？"又明为妇人责望其夫之语。以此推之，七章曰"伐木掎矣，析薪扡矣"，当亦指斥婚姻而言。掎扡并训裂，训离，木掎薪扡，喻妇人已离其父母之家以从人也。下云"舍彼有罪，予之佗矣"，舍犹凡也，言凡百罪过，皆加于我身。总观四句，实与《氓篇》"言既遂矣，至于暴矣"同意。《王风·扬之水篇》当系戍士思归之词，"彼其之子"斥其妻言。《郑风·扬之水篇》似夫将远行，慰勉其妻。（《集传》以为"男女要结之词"。）二篇并言"扬之水，不流束薪"，盖水喻夫，薪喻妻，夫将远行，不能载妻与俱，犹激扬之水不能浮束薪以俱流也。《大东篇》二章曰"杼柚其空"，纬织为女子事（五六两章"跂彼织女，终日七襄，虽则七襄，不成报章"，义与此文相应），疑三章曰"有冽氿泉，无浸获薪"，薪亦喻女子。《笺》谓氿泉浸薪"，即湿腐不中用。今谓氿泉害薪，盖以喻妇人之劳苦，而下文曰"哀我惮人"，即谓此妇人。且《白华篇》曰"樵彼桑薪，卬烘于煁"，本谓桑薪为水所浸，故我烘燎于煁上以使之干，详玩《白华》意，实与《大东》相表里，彼为妇人之词（旧说为申后作），则此亦言妇人事矣。本篇曰，"凯风自南，吹彼棘薪"者，薪谓母，风谓父（详上"凯风自南"条），风薪对举，亦以喻夫妻也。

析薪束薪盖上世婚礼中实有之仪式，非泛泛举譬也。《汉广篇》曰"翘翘错薪，言刈其楚。之子于归，言秣其马"，马以驾亲迎之车，与薪皆婚礼中必用之物。《车舝篇》曰"陟彼高冈，析其柞薪"，亦实赋其事。《东山篇》曰"有敦瓜苦（瓠），烝在栗（缪）薪，自我不见，于今三年"，瓜瓠合卺所用（说具彼篇），栗韩作㪉，训聚，当读为缪，束也。栗薪即束薪，与瓜瓠并举，皆与婚姻有关之什物，故诗人追怀新婚之乐而联想及之也。

《诗》中又有不明言薪，而意中仍以薪喻婚姻者。《豳风·伐柯篇》"伐柯"与"取妻"并言，犹（《南山篇》"析薪"与"取妻"并言，伐柯犹析薪也。《小雅·伐木篇》言"伐木"，与《伐柯篇》言"伐柯"相仿，而"笾豆有践"之语，亦与《伐柯篇》同，疑系新婚者会其宗族之诗。《陈风·墓门篇》曰"墓门有棘，斧以（已）斯之，夫也不良，国人知之"，疑以棘已被析，喻女已离家适人。凡此皆不明言析薪，而意实指婚姻者。乐府《白头吟》曰"郭东亦有樵，郭西亦有樵，两樵相推（旧误推）与，无亲为谁骄"，樵即析薪之人，而析薪为取妻之象，故下文曰"凄凄重凄凄，嫁娶亦不啼，愿得一心人，白头不相离"。此古诗兴义之仅存者，可与《三百篇》互证也。

爰有寒泉在浚之下 《传》："浚，卫邑也。在浚之下，言有益于浚。"《笺》："爰，曰也。曰有寒泉者，在浚之下，浸润之，使浚之民逸乐，以兴七子不能如也。"

冽彼下泉浸彼苞稂 〔《曹风·下泉》〕《传》："冽，寒也。下泉，泉下流也……稂，童粱，非溉草，得水而病也。"《笺》："兴者，喻共公之施政教，徒困病其民。"

有冽氿泉无浸获薪 〔《小雅·大东》〕《传》："冽，寒意也。侧出曰氿泉。"《笺》："既伐而析之以为薪，不欲使氿泉浸之。浸之，则将湿腐不中用也。"

《下泉篇》曰"冽彼下泉"，《大东篇》曰"有冽氿泉"，《传》皆训冽为寒，是本篇之寒泉犹二篇之冽泉也。《下泉篇》曰"浸彼苞稂"，《大东篇》曰"无浸获薪"，皆言泉水浸薪，疑本篇寒泉乃承上章棘薪而言，亦谓薪为泉所浸而受伤害，其不言浸者，文不具也。《白华篇》三章曰"滮池北流，浸彼稻田"四章曰"樵（燋）彼桑薪，卬烘于煁"，燋烘谓以火干之，桑薪为滮池之水所浸，故须燋烘之。此言薪之被浸，与上揭三诗取兴亦同。《下泉篇》所兴何事，不可确知，且稂萧蓍下不著薪字，似其为用与《大东篇》之获薪，《白华篇》之桑薪不同，因为其兴义亦当与二篇异类。若本篇之棘薪，并《大东篇》之获薪，《白华篇》之桑薪，皆谓妇人，则前已言之。二篇以获薪桑薪被浸，兴妇人之忧勤劳苦，则本篇言棘薪被浸，义亦相同。下文曰"有子七人，母氏劳苦"，即承此言之也。《传》、《笺》说俱未允。

在浚之下　《传》："浚，卫邑也。"

以《鄘风·干旄篇》"在浚之郊"验之，浚诚卫邑名，然邑之得名，亦当有本义。今案浚从夋声，金文夋允一字，则浚沇古亦当为一字。《说文》曰"沇，沇水也，出河东东垣王屋山，东流为泲"，古文作兖。又曰"兖，山间陷泥也，从口八，像水败貌，读若沇州之沇。沇，九州之渥地也，故以沇名焉"。案《小雅·信南山篇》传曰"渥，厚渍也"。山间陷泥与渥地并谓其地沮洳出泉，沇水导源于此，故因以为名。《山海经·北山经》曰："王屋之山，灤水出焉。"灤即灓字。《说文》曰"灓，漏流也"，《广雅·释诂》二曰"灓，渍也"，《吕氏春秋·开春篇》曰"昔王季历葬于涡山之尾，灓水啮其墓"。山间陷泥也，渥地也，漏流也，渍也，义正相近，故沇水一曰灤（灓）水。本篇浚字当兼此义。下谓地里，对流行地上而言也。浚为陷泥与渥地之名，其水源自地里浸淫而上，故曰"爰有寒泉，在浚之下"。《曹风·下泉篇》之"下泉"，义亦仿此。水出地下者尤寒，故此曰"寒泉"，而彼亦曰"有洌下泉"也。《传》但知浚为邑名，而不知其所以得名之故。又曰"在浚之下，言有益于浚"，《笺》申之曰"使浚之民逸乐"，此则又因地名而牵合于其地所居之人，失之愈远矣。（《下泉》传以下泉为"泉下流"，于诗义亦适得其反。）

匏有苦叶

济有深涉 《传》："济，渡也。由膝以上为涉。"《笺》："瓠叶苦而渡处深，谓八月之时，阴阳交会，始可以为昏礼纳采问名。"

涉，名词。谓水中可济涉之处，犹津也。《易·大过》上六曰"过涉灭顶"，过涉犹言渡津。（王注曰"涉难过甚，故至于灭顶"，似即读涉为名词。）《汉书·地理志》上，犍为郡南广县有大涉水，大涉犹大津。诗曰"匏有苦叶，济有深涉"，张文虎谓济即《泉水篇》"出宿于泲"之泲，水名也。案张说是也。此文上下二句语法一律，匏与济，叶与涉，皆二名词对举，而叶属于匏，涉亦属于济也。自来咸以涉为动词涉水之名，因之下文厉与揭，亦不得不为涉水深浅有差之名（详下条），于是全章之义，皆被误解。昔儒无语法观念，其致误往往若是。

近世地名多有曰漯口，漯头者，漯涉音同，疑即涉口，涉头，犹言渡口，渡头也。若然，则呼津渡为涉，今语犹然，特以音存而字变，故学者不察耳。

深则厉浅则揭 《传》："以衣涉水为厉，谓由带以上也。揭，褰衣也。遭时制宜，如遇水深则厉，浅则揭矣。男女之际，安可以无礼仪？将无以自济也。"《笺》："既以深浅记时，因以水深浅喻男女之才性贤与不肖及长幼也。各顺其人之宜，为之求妃耦。"

本篇上文曰"匏有苦（枯）叶，济有深涉"，系匏涉水，所以防溺，先儒已言之矣。（陈子龙、王先谦说并同。王氏又据《易林》读苦为枯，亦是。）

今案《易·泰》九二曰"包荒，用冯河，不遐遗"，包荒即鞄瓠，言以鞄瓠冯河，不至坠溺（详拙著《周易义纂》）。以鞄济渡之俗，由来已旧，得此益足证明。

《诗》曰"深则厉，浅则揭"者，厉与揭当承鞄言，深与浅当承涉言，谓涉深则厉鞄以渡，浅则揭之以渡也。《小雅·都人士篇》"垂带而厉"，《传》曰"厉，带之垂者"，此谓垂带之余以为饰，故下文曰"匪伊垂之，带则有余"。《左传·桓二年》"鞶厉游缨"，杜注曰"厉，大带之垂者"，《小尔雅·广服》曰"带之垂者谓之厉"。义并与毛同。然对言之，系于腰者谓之带，垂于下者谓之厉，散言之，厉亦带也，故《方言》四又曰"厉谓之带"，《广雅·释器》曰"厉，带也"，名词带谓之厉，动词带亦谓之厉，《楚辞·九怀·株昭》曰"鈆刀厉御，顿弃太阿"，是也。揭即揭荷之揭。"深则厉，浅则揭"，言水深则带鞄于身以防溺，水浅则荷于背上可也。《传》似亦知厉为带名，故以水深及带为厉，惟不知厉揭之蒙上为文，故又牵合履石渡水之沥，而释为以衣涉水。后儒于此说最纷纭，其蔽胥与毛同，兹不具辩。

迨冰未泮 《传》："迨，及，泮，散也。"《笺》："归妻，使之来归于己，谓请期也。冰未散，正月中以前也，二月可以昏矣。"

半声字训分，亦训合。《周礼·朝士》"凡有责者有判书"，郑注曰"判，半分而合者"，《媒氏》"掌万民之判"，注曰"判，半也，得耦而合，主合其半，成夫妇也"，《仪礼·丧服》传曰："夫妻判合。"字一作牉，《集韵》引《字林》曰"牉合，合其半以成夫妇也"，《楚辞·惜诵》曰"背膺牉合以交痛兮"。（王注训牉为分，非是。）又《庄子·则阳篇》曰"雌雄片合"，《释名·释首饰》曰"弁，如两手相合拚时也"，片拚与判牉声近，亦并有合义。诗曰"士如归妻，迨冰未泮"，泮当训合，谓归妻者宜及河冰未合以前也。古者本以春秋为嫁娶之正时，此曰"迨冰未泮"，乃就秋言之。举凡诗中所纪,若匏叶枯落,渡头水深,并雉雊雁鸣,皆秋日河冰未合以前景象。审如《传》说,以冰泮为解冻,则与诗中物候相左矣。

《夏小正》"二月,绥多女士",某氏《传》曰"绥,安也,冠子娶妇之时也",《周礼·媒氏》"中春之月,令会男女,于是时也,奔者不禁",郑注曰"中春阴阳交,以成昏礼,顺天时也",《白虎通义·嫁娶篇》亦曰"嫁娶必以春,何?春者,天地交通,万物始生,阴阳交接之时也"。据此,疑自古昏姻本以春为正时,故《诗》中所见昏期,春日最多。《野有死麕篇》曰"有女怀春,吉士诱之",《七月篇》曰"春日迟迟,采蘩祁祁,女心伤悲,殆及公子同归",此明著春日者。《东山篇》曰"仓庚于飞,熠耀其羽,之子于归,皇驳其马",《燕燕篇》曰"燕燕于飞,差池其羽,之子于归,远送于野",《桃夭篇》曰"桃之夭夭,灼灼其华,之子于归,宜其室家",亦皆春日物候。其以秋为婚期者才两见,本篇与《氓篇》"秋以为期"是也。(《绸缪篇》之三星,毛以为参,十月始见,郑以为心,三月始见。参为晋星,唐亦晋地,或毛说为长。然亦难定,今姑不计。)(《北风篇》曰"北风其凉,雨雪其雱",又曰"惠而好我,携手同车",盖亲迎之诗(详《泉水篇》"女子有行"条),此则以冬日为婚期者,特全书只此一见耳。总上所述,春最多,秋次之,冬最少,其所以如此,殆有故焉。尝试论之,初民根据其感应魔术原理,以为行夫妇之事,可以助五谷之蕃育,故嫁娶必于二月农事作始之时行之。郑注《周礼》所谓"顺天时",《白虎通》所谓"天地交通,万物始生,阴阳交接之时",皆其遗说也。次之,见初秋亦为一部分谷类下种之时,故嫁娶之事,亦或在秋日。然终不若春之盛,则以自农事观点言之,秋之重要本不若春也。《管子·幼官篇》:"春三卯,十二始卯,合男女。秋三卯,十二始卯,合男女。"《管子》书虽非古,然此所记春秋合男女之俗,要不失为太古之遗风,以其但言春秋,不及冬时故也。迨夫民智渐开,始稍知适应实际需要移婚期以就秋后农隙之时。试观冬行婚嫁之例,如《北风篇》所纪者,《三百篇》中仅只一见,知其时只偶一行之，不为常则，降至战国末年，去古已远，观念大变，于是嫁娶正时，乃一反旧俗，而向之因农时以为正者，今则避农时之为正。《荀子·大略篇》曰"霜降逆女，冰泮杀止"，《家语·本命篇》申其义曰："霜降而妇功成，嫁娶者行焉，冰泮而农业起，昏礼杀于此。"此所谓冰泮者，乃斥冰解而言。盖"冰泮杀止"为相传古语，本谓嫁娶正时至冰合而止，今以冰合为冰解者，乃曲解旧术语以迎合新事实耳。此诚古今社会之一大变也。

毛、郑于各诗之婚时，解说互歧。毛主严冬冰盛之时，说本《荀子》，郑主仲春解冻之后，制准《周官》。辜较论之，郑优于毛。独本篇所纪，时在初秋，《荀子》《周官》二说俱无所施，然则以本篇论之，毛固自失之，郑亦未之为得也。

招招舟子 《传》："招招，号召之貌，舟子，舟人主济渡者。"《笺》："舟人之子号召当渡者，犹媒人之会男女无夫家者，使之为妃匹。"

佻佻公子〔《小雅·大东》〕《传》："佻佻，独行貌。"

《汉书·礼乐志·郊祀歌》十一"体招摇，若永望"，颜师古注曰"招摇，申动之貌"，《司马相如传·大人赋》曰"掉指桥以偃寋兮，又猗抳以招摇"，《史记·孔子世家》"招摇市过之"，《集解》引徐文广曰"招摇，翱翔也"，字或从木，则为树木动摇之貌，《说文》曰"㮇，树摇貌"，"摇，树动也"。叠韵连语变为叠字连语，则曰调调，刁刁，《庄子·齐物论篇》："而独不见之调调，之刁刁乎？"释文引向注曰："调调，刁刁，皆动摇貌。"本篇曰"招招舟子"，招招与调调，刁刁声同，谓舟子鼓楫时身体屈申动摇之貌也。谢朓《始之宣城郡诗》曰"招招漾轻楫，行行趋岩趾"，以招招为漾楫之貌，义最弘通，可据以正《毛传》之失。

《大东篇》曰"佻佻公子，行彼周行"，佻佻《楚辞·九叹》王注引作苕苕（《尔雅·释训》"佻佻，契契，愈遐急也"，《文选·魏都赋》注引郭注亦曰"佻音苕苕"），释文引《韩诗》作嬥嬥。《广雅·释训》曰："孂孂，好也。"案苕苕即招招，亦行时身体申动貌。申动则婉好多姿，故字变作孂孂，又训好。毛训佻佻为独行貌，义未精当，佻亦无独义也。

谷 风

习习谷风 《传》："兴也。习习和舒貌。东风谓之谷风。阴阳和而谷风至，夫妇和则室家成，室家成而继嗣生。"

习习谷风 〔《小雅·谷风》〕《传》："兴也。风雨相感，朋友相须。言朋友趋利，穷达相弃。"《笺》："习习，和调之貌。东风谓之谷风。兴者，风而有雨，则润泽行，喻朋友同志，则恩爱成。"

严粲引钱氏曰："谷风，谷中之风也。"案钱说是也。古人以为窍穴井谷之类，为风之所生。《庄子·齐物论篇》说风曰："是唯无作，作别万窍怒呺……山陵（旧误林，从奚侗改）之畏隹，大木百围之窍穴，似鼻，似口，似耳，似枅，似圈，似臼，似洼者，似污者……"《文选·风赋》曰"浸淫溪谷，盛怒于土囊之口，缘于大（旧脱于字，大作泰）山之阿"，《淮南子·览冥篇》"凤皇……暮宿风穴"，高注曰"风穴，北方寒风从地出也"，《文选·风赋》注引盛弘之《荆州记》曰"宜都，佷山县有山，有穴，口大数尺，为风井"，《后汉书·郡国志》刘注引《交州记》曰："山有风门，常有风。"此类甚多，不烦枚举。而《山海经·南山经》曰"旄山之尾，其南有谷，曰育遗……凯风自是出"，又曰"令丘之山……其南有谷焉，曰中谷，条风自是出"，则明言风出谷中。《大雅·桑柔篇》"大风有隧，有空大谷"，《笺》曰"大风之行，有所从而来，必从大空谷之中"，说与

《南山经》合，此谷风之的解也。(《淮南子·天文篇》曰"虎啸而谷风至"，虎为山居之兽，故啸则山谷生风。此亦谷风为山谷中风之旁证。)《小雅·谷风篇》曰"习习谷风，维山崔嵬"，维犹在也，崔嵬即《庄子》之"畏佳"，谓山之曲隈（详《周南·卷耳篇》），山之曲隈即山谷矣。(《蓼莪篇》"南山烈烈，飘风发发"，山风并言，盖亦谓风在山谷之中。)

谷风既为起自山谷之风，自不当限于东风。严粲据《桑柔篇》"大风有隧，有空大谷"，谓谷风即大风，殆不可易。今案《小雅·谷风篇》曰"维风及雨"，又曰"维风及颓"，颓读为遗，训雷（详彼篇），风之挟雷雨以并至者，非大风而何？此亦严说之佳证。且习习亦本大风之声。陆机《行思赋》曰"托飘飘之习习，冒沈云之蔼蔼"，飘风固大风也。字一作飙，《万象名义》曰"飙，大风"，飙飙又转为飒飒，《广韵》《五音》《集韵》并曰"飒飒，大风"，并与陆赋之义吻合。《传》、《笺》以谷风为东风，训习习为和舒，和调，揆之《诗》意，皆适得其反。

昔育恐育鞫及尔颠覆　《传》："育，长，鞫，穷也。"《笺》："昔育，育，稚也。及，与也。昔幼稚之时，恐至长老穷匮，故与汝颠覆尽力于众事，难易无所辟。"

将恐将惧寘予于怀　〔《小雅·谷风》〕《笺》："寘，置也。置我于怀，言至亲己也。"

本篇"昔育恐育鞫"，义不可通，疑两育字为有之误。《山海经·南山经》曰"旄山之尾，其南有谷，曰育遗……凯风自是出"，郭注（遗）"或作隧"。案《大雅·桑柔篇》曰"大风有隧，有空大谷"，此《山经》谷名之所本，育隧即有隧之讹也。《庄子·人间世篇》"是以人恶有其美也"，《释文》引崔本有作育。《韩诗外传》七"君又并覆而育之"，日本松皋圆《韩非子纂闻》引育作有。(《晏子春秋·问上篇》，《韩非子·外储说右上篇》，《说苑·政理篇》文略同，亦并作有。) 此并有育二字互讹之例。诗本作"有恐有鞫"，与下文"有洸有溃",并他篇之"有严有翼","有伦有脊","有壬有林","有冯有翼","有萋有且"文同一例。今作育者,有育形声俱近,又涉下文"既生既育"而误。(林义光读两育字为攸,未确。)且本篇与《小雅·谷风篇》,所咏一事,惟文词详略为异,当系一诗之分化。此之"有恐有鞠",即彼之"将恐将惧",有将皆语词(并与且义略近),鞠即惧声之转也。古音惧在鱼部,鞠在幽部。《说文》𦥑读若拘,瞿读若章句之句,趨读若劬,《淮南子·修务篇》"攫援㩵拂",高注曰:"攫读如'屈直木令句','欲句此木'之句。"句在侯部,而句本丩之孳乳字,是句之古本音当在幽部。(絇实纠之异体。《说文》絇从句声,读若鸠,是句之古本音,汉时犹有存者。)夫瞿声字多读若句声,而句本在幽部,则惧之得转为鞠,固宜。《尔雅·释草》"大菊,蘧麦",郭注曰"即瞿麦",《说文》"大菊,蘧麦",《系传》曰"今谓之瞿麦,又名句麦",是瞿麦又名大菊。惧转为鞠,犹瞿转为菊矣。

本篇下文曰"既生既育",与《大雅·生民篇》"载生载育"之语同,彼生育谓生子,此亦宜然。上曰"有恐有鞠(惧),及尔颠覆",下曰"既生既育,比予于毒",疑所谓颠覆者,指夫妇之事言。《小雅》曰"将恐将惧,寘予于怀",义同。张衡《同声歌》曰"邂逅承际会,得充君后房,情好新交接,恐慄若探汤",即《诗》恐惧之确解矣。

旄　邱

琐兮尾兮流离之子　《传》："琐尾，少好之貌。流离，鸟也，少好长丑，始而愉乐，终以微弱。"《笺》："卫之诸臣，初有小善，终无成功，似流离也。"

下文曰"褎如充耳"，则琐尾当是状鸟鸣声之词。尾疑为屖省，音沙。金文（《师毁毁》"彤屖"，《无螇鼎》，《裒盘》，《休盘》并作"彤沙"，郭沫若氏谓屖为缕本字，戈绥以氂牛尾为之，故字从尾，少古沙字，其声也。案郭说是也。诗尾字即屖之省。琐屖双声叠韵连语（琐从贵声，贵当从少声，与屖同声符），犹琐琐耳。《说文》曰"贵，贝声也"，"琐，玉声也"。案贝玉之声，无烦别白，贵琐仍为一字。琐为贝玉之声，鸟鸣之声似之，故状鸟鸣曰琐琐，字变为琐屖，又省为琐尾声，嘤从婴声，婴从賏声，而賏为贝连（《说文》），《小雅·伐木篇》曰"鸟鸣嘤嘤"，亦以贝声状鸟鸣，例与此同。（賏孳乳为缨，与训冠系之缕同义，而屖缕为古今字，已详上。）又《小雅·小弁篇》曰"鸣蜩嘒嘒"，《大雅·采菽篇》曰"鸾声嘒嘒"，《商颂·那篇》曰"嘒嘒管声"。嘒从彗声，本当读祥岁切，与琐屖为对转，疑诸言"嘒嘒"者，亦取其象贝玉之声也。

《传》曰"琐尾，少好之貌"，疑本谓声音之好，与《凯风篇》传"睍睆，好貌"，亦斥声音者同比。（此陈奂说，惟陈谓彼《传》

"貌"为"也"之误,则未必然。)下文曰"少好长丑,始而愉乐,终以微弱"者,以愉乐微弱分申好丑二义,谓少时鸣声悦耳,长而微弱,不能成声也。谢灵运《酬仲弟惠连诗》曰"嘤鸣已悦豫",声言愉乐,犹言悦豫矣。流离即鹠鹨,陆《疏》既误承张奂说,以鹠鹨为鸺鹠,故不得不以《传》所谓"长丑"者为长大还食其母。不知既云微弱,既不为母所食,焉得反食其母哉?以是明其不然。

泉 水

女子有行远父母兄弟 《笺》:"行,道也。妇人有出嫁之道,远于亲亲,故礼缘人情,使得归宁。"

携手同行 〔《北风》〕《传》:"行,道也。"《笺》:"性仁爱而又好我者,与我相携持同道而去,疾时政也。"

女子有行远父母兄弟 〔《鄘风·蝃蝀》〕《笺》:"行,道也。妇人生而有适人之道,何忧于不嫁,而为淫奔之过乎?恶之甚。"

女子善怀亦各有行 〔《鄘风·载驰》〕《传》,"行,道也。"《笺》:"女子之多思者有道,犹升丘采其蝱也。"

女了有行远父母兄弟 〔《卫风·竹竿》〕《笺》:"行,道也。女子有道当嫁耳,不以不答而违妇礼。"

有女同行 〔《郑风·有女同车》〕《传》:"行,行道也。"《笺》:"女始乘车,壻御轮三周,御者代壻。"

驾予与行 〔《郑风·丰》〕

《北风篇》一章曰"携手同行",二章曰"携手同归",三章曰"携手同车"。案车者亲迎之车,归即"之子与归"之归,此新妇赠壻之辞也。《古诗十九首》之十六曰"良人惟古(故)欢,枉驾惠前绥,愿得常巧笑,携手同车归",说亲迎事而语袭此诗,是其明证。《诗》又曰"同行"者,犹同归也。女子谓嫁曰适,行亦犹适矣。

《有女同车篇》一章曰"有女同车",《传》曰"亲迎同车也",而二章曰"有女同行",《丰篇》为亲迎而女不至之诗,而三章"驾予与行"与四章"驾予与归"并举,是二诗之行亦并谓嫁。以此推之,本篇及《蝃蝀》、《载驰》、《竹竿》诸篇之"有行",皆谓适人耳。《渚宫旧事》三引《襄阳耆旧传》载《高唐赋》曰"赤帝女曰瑶姬,未行而亡",《列女传》四《鲁寡陶婴妻传》曰"虽有贤雄兮,终不重行",《论衡·骨相篇》曰"故未行而二夫死,赵王薨",《释名·释亲属》曰"兄弟之女为姪,姪,迭也,共行事夫,更迭进御也",陈琳《饮马长城窟行》曰"结发行事君"。凡此曰行者,并与《诗》行字同义,明此语至汉末犹存。《仪礼·丧服》"子嫁反在父之室",郑注曰"凡女行于大夫以上曰嫁,行于士庶人曰适人",是郑亦知行有嫁义,乃其笺《诗》仍承毛说,训行为道,甚矣其迂也。

静 女

俟我于城隅 《传》:"城隅,以言高而不可逾。"《笺》:"又能服从,待礼而动,自防如城隅。"

要我乎上宫 〔《鄘风·桑中》〕《传》,"上宫,所期之地。"《笺》:"……而要见我于上宫。"

在城阙兮 〔《郑风·子衿》〕《传》:"乘城而见阙。"《笺》:"国乱人废学业,但好登高,见于城阙,以候望为乐。"

隅,曲隅也。曲字本作█,(金文),作█,(《说文》,《无极山碑》),象隅角形,故隅曲同义。古者筑城必就隅为台,起屋其上。《考工记·匠人》疏引《五经异义·古周礼说》曰"天子城高七雉,公之城高五雉,隅高七雉,侯伯之城高三雉,隅高五雉",凡隅皆高于城,即包屋言之也。经传言城隅,皆指此有屋之隅。城隅或称楼。《尔雅·释宫》曰"陕(狭)而脩曲曰楼",此楼之本义,实即城隅之有屋者。《考工记·匠人》"宫隅之制七雉,城隅之制九雉",郑注曰"宫隅城隅,谓角浮思也",贾疏谓浮思即城上小楼,是城隅即今城上之角楼也。隅一曰楼者,隅训曲,楼从娄声,娄亦训曲。《开元占经·分野略例篇》说降娄曰"娄,曲也",《说文》霤为霤之重文,曰"曲梁也",《广雅·释训》曰"伛偻,曲也"。实则"隅楼"叠韵连语,犹瓯窭,伛偻耳。凡连语例可分言,隅楼分言之,或曰隅,或曰楼,义则一而已矣。(《方言》五曰"缶谓之瓿甄",又曰"瓿甄,甖也"。瓿甄瓿甄,本系一名。隅一曰楼,犹瓿甄一曰瓿甄也。)其以在下筑土为基者为隅,在上构木为重屋者为楼,乃后世之说,即隅楼二字亦当后起,古字宜只作禺娄耳。(僖三十三年《左传》"取訾娄",《谷梁》作訾楼。)马瑞辰、金鹗并已谓城隅即楼,而说未能晰,故备论之。

上宫者,《孟子·尽心下篇》"孟子之滕,馆于上宫",赵注曰:"上宫,楼也。"案以上宫为楼,当系旧说。《考工记》有宫隅,上宫盖即宫墙之角楼,以其在宫墙上,故谓之上宫(一说上读为尚,言加于宫墙之上,亦通),亦谓之楼。然宫与城皆垣墙之名,惟所在有远近为异,故疑宫隅城隅,其制不殊,而上宫城隅,亦名异而实同。宫隅城隅之屋,非人所常居,故行旅往来,或借以止宿,又以其地幽闲,而人所罕至,故亦为男女私会之所。(金文隅作覵,从畀,象两亭相对。后世之亭,为行旅所寄顿,亦或为男女所集聚,疑即古隅楼之遗。)

城阙亦城隅,上宫之类。《尔雅·释宫》"观谓之阙",孙注曰"宫门双阙"。《说文》曰"阙,门观也"。《春秋经·定二年》曰"雉门及两观灾",《公羊传·昭二十五年》何注曰"礼:天子诸侯台门,天子外阙两观,诸侯内阙一观",是观亦台也。盖城墙当门两旁筑台,台上设楼,是为观,亦谓之阙。城隅,上宫为城宫墙角之楼,城阙为城正面夹门两旁之楼,是城阙亦城隅,上宫之类,故亦为男女期会之处。《集传》以《子衿篇》为淫奔之诗,信矣。

李宗昉《黔记》六曰:"八寨黑苗,在都匀府属……各寨野外均造一房,名曰马郎房,未婚之女,晚来相聚其所欢悦者。"(《小方壶斋舆地丛钞》第七帙。)今夷人寨子中亦所在有之,名曰"公房",亦男女集聚之所。疑城隅,上宫,城阙即马郎房,公房之类,俟更考之。

新 台

籧篨不鲜 《传》:"籧篨,不能俯者。"《笺》:"籧篨口柔,常观人颜色而为之辞,故不能俯也。"

得此戚施 《传》:"戚施,不能仰者。"《笺》:"戚施面柔,下人以色,故不能仰也。"

《晋语》四胥臣对文公曰"籧篨不可使俯,戚施不可使仰,僬侥不可使举,侏儒不可使援",又曰"戚施直镈,籧篨蒙璆,侏儒扶卢"。案此谓器物装饰之刻为人或动物之形者,僬侥侏儒,人之属也,戚施籧篨,物之属也。卢读为欂栌之栌。(《礼记·明堂位》注:"刻欂卢。")《说文》曰"栌,柱上柎也",《淮南子·主术篇》"短者以为朱儒杆栌",高注曰"朱儒,梁上戴蹲跪人也"。案欂栌者,方木似斗形,在短柱上,拱承屋栋,一曰斗拱。侏儒即短柱之刻为人形,以承斗拱者,故曰"侏儒扶卢"。其状双手上举,既已上举,则不可垂手以下援,故又曰"侏儒不可使援"。僬侥所事,胥臣无说,以侏儒推之,盖刻为小人之形,双手下垂,有所援引者。既已下援,则不得上举,故曰"僬侥不可使举"也。

戚施《说文》作䶂䵷,云"詹诸也"。案䶂为正字,箦簾之柎,刻木象䵷属之形,故字从䵷作。施为椸省,别体作欐,所以庋悬乐器之具也(《一切经音义》二二引《苍颉篇》"椸,格也,架也",《说文》"欄,络丝柎也")。以其刻为黽形,故亦或从黽作鼃。"戚施直镈"者,直读为置,鼀为置镈之欄(樀),故谓之鼀鼁,一作戚施。金文《邵黛钟》曰"大钟八肆,其竈四堵",竈亦鼀字,此谓县钟之簴刻为黽形者凡四枚,一枚为一堵(详下),故曰"其竈四堵"。《淮南子·说林篇》"鼓造辟兵,寿尽五月之望",高注曰"鼓造盖谓枭,一曰虾蟇,今世人五月望作枭羹,亦作虾蟇羹"。庄逵吉曰:"造即戚字,故'戚然改容'亦作'造然'。《毛诗》'戚施',《说文解字》作'鼀鼁',去'詹诸也',詹诸即虾蟇矣。"案庄说是也。造为造省(详下),造者鼀之异体(《周礼·大祝》"二曰造",注曰"故书造作鼀"),鼓造本鼓县之簴,其物刻为黽形以置鼓,故曰鼓造,字变为造,又省为造耳。置鼓以鼀,犹置镈以戚施(鼀鼁),鼀即戚施也。刻鼓簴以象黽形,因名曰鼓鼀(造),又转以鼓簴之名,名其所象之实物,则呼黽为鼓造。呼黽为戚施(鼀鼁),亦犹是也。鼀字又变作鼟,而呼立于鼀上之鼓曰鼟鼓,字一作鞉若鞀。其置磬县者,字则作磬。《襄石磬》曰"自作造磬",即磬磬。磬曰磬磬,犹鼓曰鼟鼓,鼟(鞉鞀)与磬并鼀鼁之孳乳字,造则鼀之变。龟黽之属皆四足据地,无胫,首不能仰,故曰"戚施不可使仰"也。

簠簋者,籧即镰。《说文》曰"虡,钟鼓之柎也,饰为猛兽",重文作镰,篆文作虡。《释名·释乐器》曰:"簴,举也,在旁举筍(筵)也。"案虡从虍异,异本作𢍮,像人双手举物以戴于首上,此物刻为兽形,而背上复有所抗举,故字从虍从異。篆文簴即虡省田。重文镰从鹿者,《说文》引司马相如说曰"虡,封豕之属",《考工记·梓人》曰"厚唇弇口,出目短耳,大胸燿后,大体短脰,若是者谓之嬴属,恒有力而不能走,其声大而宏……若是者以为钟簴",即《说文》所谓"饰为猛兽"者也。簠簋叠韵连语,犹镰也。"簠簋蒙璆"者,韦注曰:"蒙,戴也,璆,玉磬。"案此谓磬虡,具磬之状如盖,簴之首适当盖下,如被幪覆,故曰"簠簋蒙璆"也。饰虡之兽,其状多蹲其后足,而以前足据持其身,如此者则其首仰,故曰"簠簋不可使俯"也。

《诗》意本以饰虞之物象喻人之貌丑，故《御览》九四九引《韩诗》薛君《章句》曰"戚施，蟾蜍，蜮蜮，喻丑恶"。惟薛说不及籧篨，未审其意若何。《毛传》"籧篨不能俯者"，"戚施不能仰者"，义本《国语》，此虽于诗人设喻之意，少所阐发，然所说二物之状，自是不误。至《笺》用《尔雅》义，以口柔面柔分释不能俯仰，则是以貌恶为德恶，既乖《诗》义，兼失《传》旨矣。若夫钟鼓之县，其横者曰簨，字一作笋，又作栒，皆从竹作，盖其物本或以竹为之。其直立之杠，或亦用竹，惟立杠之柎名曰虡者，则当刻木石，或铸金为之，断无用竹之理，今虡字亦或从竹作簴者，盖俗书涉簨笋栒诸字而误增。诗籧篨即虡，已如上说，其字从竹作，盖亦犹虡一作簴，乃流俗之妄增，非造文之正体邪？后儒以其偶与竹席之籧篨同名。（《淮南子·本经篇》曰"霜文沈居，若簟籧篨"，《急就篇》曰"竹器簦笠簟籧篨"，《方言》三曰"簟自关而西，其麤者谓之籧篨"。）遂以竹席释之，未之深考耳。

鱼网之设鸿则离之 《传》："言所得非所求也。"《笺》："设鱼网者宜得鱼，鸿乃鸟也，反离焉，犹齐女以礼来求世子，而得宣公。"

隰有游龙 〔《郑风·山有扶苏》〕《传》："游龙，红草也。"《笺》："游龙犹放纵也……红草放纵枝叶于隰中。"

《山有扶苏篇》之游龙，据《笺》说，则游为形容词，草名本只曰龙。《尔雅·释草》曰"红，茏古"，龙即茏字，其韵母为*-ung，"古"盖即韵尾*—g之重读。茏又名屈茏。《淮南子·坠形篇》"海闾生屈茏"，高注曰"屈茏，游龙，鸿也"，引《诗》"嫩有游龙"。鸿即红，并从工声（《一切经音义》——引《声类》曰"鸣，或鸿字，同"，《汉书·司马相如传》上注曰"鸣古鸿字"。鸿从工声），故得通用。《广雅·释草》曰"葒，龙鼓，马蓼也"，《名医别录》云"葒草一名鸿蘛，如马蓼而大"。葒为红之专字，龙鼓即茏古之转，而龙鼓一曰鸿蘛，则犹茏一曰鸿也。至龙（茏）或谓之红（葒）鸿者，红（葒）

鸿并从工声，疑工与龙古读均为*gl—复辅音，故得互通。假定龙（茏）与红（荭）鸿之音值为*glung，则"屈茏"正其缓读，故此草又名屈龙。

何以知龙之古音读*gl—乎？曰：（一）《卜辞》曰"……龙双❀……□其乎句……"（前四，二九，三）又曰"贞乎行取龏双于⌐岩氐"（前四，三〇，一），又曰："□辰卜，贞子雠不作敔，不龙双囚"（前四，二九，四）。或曰龏双，或曰龙双，明龙邑二字通用。（二）《说文》龏龚俱从龙声。夫龏龚并以龙为声符，而龏又与龙通用，必三者音读相同。同之道若何？俱读*gl—是也。又何以知工声亦读*gl—乎？曰古工声字与龙声字每不分。（一）《史记·司马相如传》"深山箜箜"，《索隐》引晋灼曰"箜古籠字"，又引萧该曰"箜箜，长大貌，或作籠"，《说文》曰"籠，大长谷也"。箜从空声，空从工声。（二）《说文》曰"龓，兼有也"，《广雅·释诂》一仜龓并训有。（《说文》巩训褢，挐训拥，褢拥与兼有义近，是仜即巩挐字。王念孙改仜为仁，非是。）又《说文》曰"砻，礦也"，《易·系辞传》虞注曰"攻，摩也"，礦摩古字通。疑龓与仜，砻与攻，古皆同语，义同由于声同也。（三）金文《麦尊》曰"王谢大䰜，禽"，说者谓大䰜即大鸿，殆是。案䰜盖即《史记·楚世家》"小臣之好射麒雁罗䳨"之䳨，徐广引吕静曰："䳨，野鸟也，音龙，"实则䳨与雁并举，即鸿耳。鸿字古作鸣，亦从工声。以上籠一作箜，龓一曰仜，砻一曰攻，鸿一曰䳨，皆工声字与龙声字不分之证。龙本读*gl—，既如上说，工与龙不分，则亦当读*gl—。

红亦从工声，红（荭）一曰龙（茏），与上揭诸例正同，而红高注《淮南》作鸿，则草名鸿一曰茏，与鸟名鸿一曰䳨，尤为符合。以上揭诸例推之，红（荭）一曰龙（茏），殆亦古语*gl—复辅音之遗迹矣。

本篇"鱼网之设，鸿则离之"，鸿必非鸿鹄之鸿（详下），以工声字与龙声字古每不分推之，鸿当为蠪之假。蠪即苦蠪。《广雅·释鱼》曰"苦蠪，虾蟆也"，《名医别录》曰"虾蟆一名蟾蜍……一名苦蠪"。

诗鸿读为䴏，䴏即虾蟇，故得误絓于鱼网之中，又得与鱼对举以分喻美丑。下文曰"燕婉之求，得此戚施"，戚施即虾蟇，已详上条，鸿䴏与戚施亦同物异名耳。诗上二句与下二句实只一意，故《传》曰"言所得非所求也"。《易林·渐之朕》曰："设罟捕鱼，反得詹诸。"（詹本误作居。《初学记·一月类》曰"居蟾顾兔"，居亦詹之误，注引《春秋元命苞》曰"月之为言阙也，而设蟾蜍与兔者……"，可证。《初学记》亦詹误为居，与此同比。）

诗曰"鸿则离之"，《易林》曰"反得詹诸"，詹诸虾蟆，同物异名，然则《齐诗》家正读鸿为䴏矣。《毛传》不释鸿字，《郑笺》则直以为鸟名。不名鸿者高飞之大鸟，取鸿当以矰缴，不闻以网罗。藉曰误絓，则鸿非潜渊之物，施罟水中，亦无得鸿之理。且诗明以鸿喻丑恶，而《管子·形势解篇》曰"将将鸿鹄，貌之美者也"，是古以鸿为美鸟，书有明征。《韩诗外传》十有齐使献鸿于楚王事，唐写本《华林遍略》残卷引《鲁连子》，亦言展母所为鲁君使，遗鸿于齐襄君。（亦见《初学记》二〇，《御览》九一六。）意者鸿鹤二鸟，于古并称珍禽，齐楚二君之好鸿，亦犹卫懿之好鹤欤？然则诗称鸿以喻丑恶者，其非鸿雁之鸿，决矣。郑君以鸿为鸟，此其识见，去《齐诗》家曷可以道里计哉？

至虫名䴏者一曰苦䴏，又曰鸿，此则与草名茏者一曰屈龙，又曰鸿，其比正同。本篇鸿读为䴏，《山有扶苏篇》龙又读为红，皆古语工声（g-）与龙声（l-）不分之例。工龙不分，非g-l-不分也，乃古读工青龙皆为*gl-耳。古汉语有复辅音之说，创自西人Edkins氏，国人林语堂氏论之尤悉。近顷学者，疑信参半。余读《诗》，偶得此二例，不知于二氏之说果有助否。姑并记之，以俟专家论定焉。

二子乘舟

泛泛其景 《传》："……国人伤其涉危遂往，如乘舟而无所薄，泛泛然迅疾而不碍也。"

景行行止 〔《小雅·车舝》〕《传》："景，大也。"《笺》："景，明也……有明行者则而行之。"

既溥既长既景廼冈 〔《大雅·公刘》〕《传》："既景廼冈，考于日景，参之高冈。"《笺》："既广其地之东西，又长其南北，既以日景定其经界于山之脊。"

《说文》曰："鼏，以木横贯鼎耳而举之，从鼎冂声。"案冂象横木，加口作冋（《说文》冋为冂之古文），挚乳为扃，闭户之横木也。冋之本义为横木，故又挚乳为迥，而训长训远。《大雅·泂酌篇》"泂酌彼行潦"，《传》曰"泂，远也"，《鲁颂·駉篇》"在坰之野"，《传》曰"坰，远野也"，泂坰并与迥同。

景迥声近（《礼记·中庸》"衣锦尚絅"，《列女传·齐女傅母传》引《诗》"衣锦絅衣"，《仪礼·士昏礼》"母加景"，作景），《诗》迥字多以景为之。本篇"泛泛其景"与二章"泛泛其逝"并举，景读为迥，言飘流渐远也。《车舝篇》"高山仰止，景行行止"，景亦读为迥，迥行犹远道，与高山对文。《公刘篇》曰"既溥既长，既景廼冈"，景亦读为迥，训远，"既溥既长既迥"，皆所以形容冈之形势者也,《传》、《笺》诸说均误。王引之据《鲁颂·泮水篇》传"憬,远行貌"。读本篇之景为憬,谓"泛泛其景"与"泛泛其逝"语意同。案王说义是而读非。《泮水篇》"憬彼淮夷",憬三家作犷,则当训粗野貌,毛训远行貌,其说实误。本篇景之义为远行,乃迥之借,非憬之借也。

附录 诗律研究

歌与诗

一

想象原始人最初因情感的激荡而发出有如"啊"、"哦"、"唉"或"呜呼"、"噫嘻"一类的声音,那便是音乐的萌芽,也是孕而未化的语言。声音可以拉得很长,在声调上也有相当的变化,所以是音乐的萌芽。那不是一个词句,甚至不是一个字,然而代表一种颇复杂的涵义,所以是孕而未化的语言。这样界乎音乐与语言之间的一声"啊～～～"便是歌的起源。不错,"歌"就是"啊",二者皆从可陪声,[①]古音大概是没有分别的。在后世的歌辞中有时又写作"猗"。

断断猗无他技!(《书·秦誓》。)

河水清且涟猗!(《诗·伐檀》。)

而已反其真而我犹为人猗!(《庄子·大宗师篇》载孟子反子琴张相和歌。)

候人兮猗!(《吕氏春秋·音初篇》载涂山氏妾歌。)或作"我",

有酒湑我!无酒酤我!坎坎鼓我!蹲蹲舞我!(《诗·伐

乌生八九子，端座秦氏桂树间。嗟我②！秦氏有游遨荡子，工用睢阳强（弓），苏合弹，左手持强（弓）弹两丸，出入乌东西。嗟我！一丸即发中乌身，乌死魂魄飞扬上天，……（《乐府古辞·乌生》。）

什九则作"兮"，古书往往用"猗"或"我"代替兮字，可知三字声音原来相同，其实只是啊的若干不同的写法而已。至于由啊又辗转变为其他较远的语音，又可写作各样不同的字体，这里不能，也不必一一举例。总之，严格的讲，只有带这类感叹虚字的句子，及由同样句子组成的篇章，才合乎最原始的歌的性质，因为，按句法发展的程序说，带感叹字的句子，应当是由那感叹字滋长出来的。借最习见的兮字句为例，在纯粹理论上，我们必须说最初是一个感叹字"兮"，然后在前面加上实字，由加一字如《诗经》"子兮子兮"，"萚兮萚兮"，递增至大概最多不过十字，如《说苑》所载柳下惠妻《诔柳下惠辞》"夫子之信成而与人无害兮"。（感叹字在句首或句中者，可以类推。）为什么我们必须这样说呢？因为实字之增加是歌者对于情绪的自觉之表现。感叹字是情绪的发泄，实字是情绪的形容，分析与解释。前者是冲动的，后者是理智的。由冲动的发泄情绪，到理智的形容、分析、解释情绪，歌者是由主观转入了客观的地位。辨明了感叹字与实字主客的地位，二者的产生谁先谁后，便不言而喻了。在感叹字上加实字，歌者等于替自己当翻译，译词当然不能在原辞之前。感叹字本只有声而无字，所以是音乐的，实字则是已成形的语言，因此我们又可以说，感叹字是伯牙的琴声，实字乃钟子期讲的"志在高山"，"志在流水"。自然伯牙不鼓琴，钟子期也就没有这两句话了。感叹字必须发生在实字之前，如此的明显，后人乃称歌中最主要的感叹字"兮"为语助，语尾，真是车子放在马前面了。

但后人这种误会，也不是没有理由的。在后世歌辞里，感叹字确乎失去了它固有的重要性，而变成仅仅一个虚字而已。人究竟是个社会动物，发泄情绪的目的，至少一半是要给人知道，以图兑换一点同情。这一来，歌中的实字便不可少了，因为情绪全靠它传递给对方。实字用得愈多，愈精巧，情绪的传递愈有效，原来那声"啊～～"便显着不重要，而渐渐退居附庸地位（如后世一般歌中的"兮"字），甚至用文字写定时，还可以完全省去。《九歌·山鬼》，据《宋书·乐志》所载当时乐工的底本，便把兮字都删去了。《史记·乐书》所载《天马歌》二章皆有兮字，《汉书·礼乐志》便没有了。这些都是具体的例证。然而兮字的省去，究竟是一个损失。

  若有人兮山之阿，被薜荔兮带女萝。

试把兮字省去，再读读看，还是味儿吗？对了，损失了的正是歌的意味。你说那不过是声调的关系，意义并未变更。但是你要知道，特别在歌里，"意味"比"意义"要紧得多，而意味正是寄托在声调里的。最有趣的倒是梁鸿的《五噫》：

  陟彼北芒兮，噫！顾瞻帝京兮，噫！宫阙崔嵬兮，噫！人之劬劳兮，噫！辽辽未央兮，噫！

作者本意是要这些兮字重新担起那原始时期的重要职责，无奈在当时的习惯中，兮字已无这能力了，不得已，这才在"兮"下又补上一个"噫"以为之辅佐，使它在沾染作用中，更能充分的发挥它固有的力量。因此，为体贴作者这番用意，我们不妨把"兮噫"二字索性捆紧些当作一个单元，而以如下的方式读这首歌：

  陟彼北芒（兮～～噫～～）顾瞻帝京（兮～～噫～～）
  ……

记住"兮"即"啊"的后身,那么"兮噫"的音值便可拟作"O〰O〰"了。这一来,歌的面目便十足的显露出来了。此刻若再把"兮噫"去掉,让它成了一首四言诗,那与原来的意味相差该多么远!

以上我们反复的说明了感叹字确乎是歌的核心与原动力,而感叹字本身则是情绪的发泄,那么歌的本质是抒情的,也就是必然的结论了。

二

至于"诗"字最初在古人的观念中,却离现在的意义太远了。汉朝人每训诗为志:

> 诗之为言志也。(《诗谱序》疏引《春秋说题辞》。)
> 诗之言志也。(《洪范·五行传》郑《注》。)
> 诗志也。(《吕氏春秋·慎大览》高《注》,《楚辞·悲回风》王《注》,《说文》。)

从下文种种方面,我们可以证明志与诗原来是一个字。志有三个意义:一记忆,二记录,三怀抱,这三个意义正代表诗的发展途径上三个主要阶段。

志字从㞢。卜辞㞢作㞢,从止下一,像人足停止在地上,所以㞢本训停止。卜辞"其雨庚㞢"③犹言"将雨,至庚日而止"。志从㞢从心,本义是停止在心上。停在心上亦可说是藏在心里,故《荀子·解蔽篇》曰"志也者臧(藏)也",《注》曰"在心为志",正谓藏在心,《诗序》疏曰"蕴藏在心谓之为志",最为确诂。藏在心即记忆,故志又训记。《礼记·哀公问篇》"子志之心也",犹言记在心上,《国语·楚语》上"闻一二之言,必诵志而纳之,以训导我",谓背诵之记忆之以纳于我也。《楚语》以"诵志"二字连言尤可注意，因为诗字训志最初正指记诵而言。诗之产生本在有文字以前，当时专凭记忆以口耳相传。诗之有韵及整齐的句法，不都是为着便于记诵吗④？所以诗有时又称诵⑤。这样说来，最古的诗实相当于后世的歌诀，如《百家姓》，《四言杂字》之类。就《三百篇》论，《七月》（一篇韵语的《夏小正》或《月令》）大致还可以代表这阶段，虽则它的产生决不能早到一个太辽远的时期。

无文字时专凭记忆，文字产生以后，则用文字记载以代记忆，故记忆之记又孳乳为记载之记。记忆谓之志，记载亦谓之志。古时几乎一切文字记载皆曰志。

1.《左传·文二年》："《周志》有之，'勇则害上，不登于明堂。'"《注》："《周志》，《周书》也。"按二语见《逸周书·大匡篇》。

2.《襄二十五年》："志有之，'言以足志，文以足言。'"《注》："志，古书也。"

3.《襄三十年》："《仲虺之志》云：'乱者取之，亡者侮之。'"按即《仲虺之诰》，此真古文《尚书》的佚文。

4.《国语·晋语》四："礼志有之曰：'将有请于人，必先有人焉。'"

5.同上："夫先王之法志，德义之府也。"《注》："志，记也。"按《左传·僖二十七年》作"《诗》、《书》，义之府也"，是所谓法志者即《诗》、《书》。

6.《晋语》六："夫成子导前志以佐先君，导法而卒以政，可不谓文乎？"《注》："志，记也。"

7.《晋语》九："志有之曰：'高山峻原，不生草木，松柏之地，其土不肥。'"《注》同。

8.《楚语》上："教之故志，使知废兴者而戒惧焉。"《注》："故志谓所记前世成败之书。"

9.《周礼·小史》："掌邦国之志。"司农《注》："志谓记也，《春秋》所谓《周志》，《国语》所谓《郑书》之属也。"

10.同上《外史》："掌四方之志。"郑《注》："志，记也，谓若鲁之《春秋》，晋之《乘》，楚之《梼杌》。"

11.《孟子·滕文公》上篇："且志曰：'丧祭从先祖。'"赵《注》："志，记也。"

12.又下篇："且志曰：'枉尺而直寻，宜若可为也。'"《注》同。

13.《荀子·大略篇》："《聘礼志》曰：'币厚则伤德，财侈则殄礼。'"

14.《吕氏春秋·贵当篇》："志曰：'骄惑之事，不亡奚待？'"《注》："志，古记也。"

一切记载既皆谓之志，而韵文产生又必早于散文，那么最初的志（记载）就没有不是诗（韵语）的了。上揭1、14二例所引的"志"正是韵语，而现在的先秦古籍中韵语的成分还不少，这些都保存着记载的较古的状态。承认初期的记载必须是韵语的，便承认了诗训志的第二个古义必须是"记载"。《管子·山权数篇》"诗所以记物也"，正谓记载事物，《贾子·道德说篇》"诗者志德之理而明其指，令人缘之以自戒也"，志德之理亦即记德之理。前者说记物，后者说记理，所记之对象虽不同，但说诗的任务是记载却是相同的，可见诗字较古的涵义，直至汉初还未被忘掉。

上文我们说过"歌"的本质是抒情的，现在我们说"诗"的本质是记事的，诗与歌根本不同之点，这来就完全明白了。再进一步的揭露二者之间的对垒性，我们还可以这样说：古代歌所据有的是后世所谓诗的范围，而古代诗所管领的乃是后世史的疆域。要测验上面这看法的正确性，我们只将上揭各古书称志的例子分析一下就思过半了。除一部分性质未详外，那些例子可依《六经》的类目分为（一）《书》类，1、3、5、6、8属之，（二）《礼》类。4、10、13属之，（三）《春秋》类，

9、10属之。有《书》、有《春秋》、有《礼》，三者皆称志，岂不与后世史部的书称志正合？然而古书又有称《诗》为志的。《左传·昭公十六年》载郑六卿饯宣子于郊，子齹赋《野有蔓草》，子产赋《郑》之《羔裘》，子大叔赋《褰裳》，子游赋《风雨》，子旗赋《有女同车》，子柳赋《萚兮》。宣子喜曰："郑其庶乎！二三君子以君命贶起，赋不出《郑志》，皆昵燕好也。"六卿所赋皆《郑风》，而宣子说是"赋不出《郑志》"，可知《郑志》即《郑诗》。属于史类的《书》（古代史）、《春秋》（当代史）、《礼》（礼俗史）称志，《诗》亦称《志》，这是什么缘故？原来《诗》本是记事的，也是一种史。在散文产生之后，它与那三种仅在体裁上有有韵与无韵之分，在散文未产生之前，连这点分别也没有。诗即史，所以孟子说：

> 王者之迹熄而《诗》亡，《诗》亡然后《春秋》作。晋之《乘》，楚之《梼杌》，鲁之《春秋》，一也，其事则齐桓、晋文，其文则史。（《离娄》下篇。）

《春秋》何以能代《诗》而兴？因为《诗》也是一种《春秋》。他又说：

> 诵其诗，读其书，不知其人，可乎？是以论其世也。（《万章》下篇。）

一壁以诗书并称，一壁又说必须知人论世，孟子对于诗的观念是雪亮的。在这点上，《诗大序》与孟子的话同等重要：

> 至于王道衰，礼义废，政教失，国异政，家殊俗，而《变风》、《变雅》作矣。国史明乎得失之迹，伤人伦之废，哀刑政之苛，吟咏性情，以风其上，达于事变，而怀其旧俗者也。

诗即史，当然史官也就是"诗人"。但《序》意以为《风》、《雅》是史官所作，则不尽然。初期的雅，尤其是《大雅》中如《绵》、《皇矣》、《生民》、《公刘》等是史官的手笔，是无疑问的，《风》则仍当出自民间。不过《序》指出了诗与国史这层关系，不能不说是很重要的一段文献。如今再回去看《诗序》好牵合《春秋》时的史迹来解释《国风》，其说虽什九不可信，但那种以史读诗的观点，确乎是有着一段历史背景的。最后，从史字的一分较冷僻的训诂中，也可以窥出诗与史的渊源来。

> 文胜质则史。（《论语·雍也篇》。）
> 辞多则史。（《仪礼·聘礼记》。）
> 捷敏辩给，繁于文采，则见以为史。（《韩非子·难言篇》。）
> 米监博辩，则以为多而史之⑥。（同上《说难篇》。）

"繁于文采"，正是诗的荣誉，这里却算作史的罪名，这又分明坐实了诗史之间不可分离的关系。

三

社会日趋复杂，为配合新的环境，人们在许多使用文字的途径上，不得不舍弃以往那"繁于文采"的诗的形式而力求经济，于是散文应运而生。史的记载不见得是首先放弃那旧日的奢侈锢习的，但它终于放弃了。大概就在这时，志、诗二字的用途才分家。一方面有旧式的韵文史，一方面又有新兴的散文史，名称随形式的繁衍而分化，习惯便派定韵文史为"诗"，散文史为"志"了。此后，二字混用通用的现象不是没有，但那只算得暂时的权变和意外的出轨。

你满以为散文进一步，韵文便退一步，直至有如今日的局面，"记事"几乎完全是散文一家独有的山河，韵文（如一切歌诀式的韵语）则蜷伏在一个不重要的角落里，苟延残喘着，于是你惊讶前者的强大，而惋惜后者的式微。你这兴衰之感是不必要的。韵文并非式微，它是迁移到另一地带去了。他与歌有一段宿诺。在记事的课题上，他打头就不感真实兴趣，所以时时盼着散文的来到，以便卸下这份责任，去与歌合作，现在正好如愿以偿了。所以《孟子》"《诗》亡然后《春秋》作"之亡，若解作逃亡之亡，或许与事实更相符合点。

诗与歌合流真是一件大事。它的结果乃是《三百篇》的诞生。一部最脍炙人口的《国风》与《小雅》，也是《三百篇》的最精彩部分，便是诗歌合作中最美满的成绩。一种如《氓》、《谷风》等，以一个故事为蓝本，叙述方法也多少保存着故事的时间连续性，可说是史传的手法，一种如《斯干》、《小戎》、《大田》、《无羊》等，平面式的记物，与《顾命》、《考工记》、《内则》等性质相近，这些都是"诗"从它老家（史）带来的贡献。然而很明显的上述各诗并非史传或史志，因为其中的"事"是经过"情"的泡制然后再写下来的。这情的部分便是"歌"的贡献。由《击鼓》、《绿衣》以至《蒹葭》、《月出》，是"事"的色彩由显而隐，"情"的韵味由短而长，那正象征着歌的成分在比例上的递增。再进一步，"情"的成分愈加膨胀，而"事"则暗淡到不合再称为"事"，只可称为"境"，那便到达《十九首》以后的阶段，而不足以代表《三百篇》了。同样，在相反的方向，《孔雀东南飞》也与《三百篇》不同，因为这里只忙着讲故事，是又回到前面诗的第二阶段去了，全不像《三百篇》主要作品之"事"、"情"配合得恰到好处。总之，歌诗的平等合作，"情"、"事"的平均发展，是诗第三阶段的进展，也正是《三百篇》的特质。

诗与歌合流之后，诗的内容又变了一次，于是诗训志的第三种解释便可以应用了。上文说志的本义是"停止在心上"，也可说是"蕴藏在心里"，记忆一义便是由这里生出的。但是情思、感想、怀念、欲慕等等心理状态，何尝不是"停在心上"或"藏在心里"？这些在名词上五花八门，实际并无确定界限的心理状态，现在看来，似乎应该统名之为陆机《文赋》所谓"诗缘情而绮靡"之情，古人则名之为意。《书·尧典》"诗言志"，《史记·五帝本纪》志作意，《汉书·司马迁传》引董仲舒曰"诗以达意"。郑康成注《尧典》"诗言志，歌永言"，亦曰"诗所以言人之志意也，永长也，歌又所以长言诗之意"。诗训志，志又训意，故《广雅·释言》曰："诗，意也。""诗言志"的定义，无论以志为意或为情，这观念只有歌与诗合流才能产生。

但是这样一个观点究竟失之偏宕，至少是欠完备。因为这里所谓诗当然指《三百篇》，而《三百篇》时代的诗，依上文的分析，是志（情）事并重的，所以定义必须是"于记事中言志"或"记事以言志"方才算得完整。看《庄子·天下篇》"《诗》以道志，《书》以道事"及《荀子·儒效篇》"《诗》言是其志也，《书》言是其事也"，都把事完全排出诗外，可知他们所谓志确是与"事"脱节了的志。诗后来专在《十九首》式的"羌无故实"空空洞洞的抒情诗道上发展，而叙事诗几乎完全绝迹了，这定义恐怕不能不负一部分责任。

在上文我们大体上是凭着一两字的训诂，试测了一次《三百篇》以前诗歌发展的大势，我们知道《三百篇》有两个源头，一是歌，二是诗，而当时所谓诗在本质上乃是史。最后这一点特别值得注意。知道诗当初即是史，那恼人的问题"我们原来是否也有史诗"也许就有解决的希望。这是很好的消息，我们下次就该讨论这个问题了。

二十八年六月一日

作者原注

① "歌从哥声，哥又从可声，啊从阿声，阿从可声"，这般说法，我嫌它太啰唆了，所以杜撰了这个名词。可是歌与啊的陪声，中间隔着了哥与阿，犹之乎大夫对天子称陪臣，中间隔着了诸侯。

②旧读喈字绝句，而以我字属下读，细玩各句的文义，是讲不通的。

③《铁云藏龟》。

④诗必记诵，瞎子的记忆力尤发达，故古代为人君诵诗的专官曰矇、曰瞍、曰瞽。

⑤《诗·节南山》"家父作诵"，《崧高》及《烝民》"吉甫作诵"，皆谓诗。至《崧高》于"吉甫作诵"下曰"其诗孔硕，其风肆好"，此诗则谓辞（诗辞古音同），风谓声调。《卷阿》"矢诗不多，维以遂歌"即陈辞不多，可证。

⑥《史记·天官书》"凌杂米盐"，《正义》："米盐，细碎也。"《汉书·循吏黄霸传》"米盐靡密"，《注》："米盐，言杂而且细。"《酷吏咸宣传》"其次米盐事小大皆关其手"，《注》："米盐，细杂也。"

文学的历史动向

　　人类在进化的途程中蹒跚了多少万年，忽然这对近世文明影响最大最深的四个古老民族——中国、印度、以色列、希腊——都在差不多同时猛抬头，迈开了大步。约当纪元前一千年左右，在这四个国度里，人们都歌唱起来，并将他们的歌记录在文字里，给流传到后代，在中国，《三百篇》里最古部分——《周颂》和《大雅》，印度的《梨俱吠陀》（Rig-veda），《旧约》里最早的《希伯来诗篇》，希腊的《伊利亚特》（Iliad）和《奥德赛》（odyssey）——都约略同时产生。再过几百年，在四处思想都醒觉了，跟着是比较可靠的历史记载的出现。从此，四个文化，在悠久的年代里，起先是沿着各自的路线，分途发展，不相闻问，然后，慢慢的随着文化势力的扩张，一个个的胳臂碰上了胳臂，于是吃惊、点头、招手、交谈，日子久了，也就交换了观念思想与习惯。最后，四个文化慢慢的都起着变化，互相吸收、融合，以至总有那么一天，四个的个别性渐渐消失，于是文化只有一个世界的文化。这是人类历史发展的必然路线，谁都不能改变，也不必改变。

　　上文说过，四个文化猛进的开端都表现在文学上，四个国度里同时迸出歌声。但那歌的性质并非一致的。印度、希腊，是在歌中讲着故事，他们那歌是比较近乎小说戏剧性质的，而且篇幅都很长，而中国、以色列则都唱着以人生与宗教为主题的较短的抒情诗。中国与以色列许是偶同，印度与希腊都是雅利安种人，说着同一系统的语言，他们唱着性质比较类似的歌，倒也不足怪。

中国和其余那三个民族一样，在他开宗第一声歌里，便预告了他以后数千年间文学发展的路线。《三百篇》的时代，确乎是一个伟大的时代，我们的文化大体上是从这一刚开端的时期就定型了。文化定型了，文学也定型了，从此以后二千年间，诗——抒情诗，始终是我国文学的正统的类型，甚至除散文外，它是唯一的类型。赋、词、曲，是诗的支流，一部分散文，如赠序、碑志等，是诗的副产品，而小说和戏剧又往往以各自不同的方式夹杂些诗。诗，不但支配了整个文学领域，还影响了造型艺术，它同化了绘画，又装饰了建筑（如楹联、春帖等）和许多工艺美术品。

诗似乎也没有在第二个国度里，像它在这里发挥过的那样大的社会功能。在我们这里，一出世，它就是宗教、是政治、是教育、是社交，它是全面的生活。维系封建精神的是礼乐，阐发礼乐意义的是诗，所以诗支持了那整个封建时代的文化。此后，在不变的主流中，文化随着时代的进行，在细节上曾多少发生过一些不同的花样。诗，它一面对主流尽着传统的呵护的职责，一方面仍给那些新花样忠心的服务。最显著的例是唐朝。那是一个诗最发达的时期，也是诗与生活拉拢得最紧的一个时期。

从西周到春秋中叶，从建安到盛唐，这中国文学史上两个最光荣的时期，都是诗的时期。两个时期各各拖着一条姿势稍异，但同样灿烂的尾巴，前者的是《楚辞》、《汉赋》，后者的是五代宋词。而这辞赋与词还是诗的支流。然则从西周到宋，我们这大半部文学史，实质上只是一部诗史。但是诗的发展到北宋实际也就完了。南宋的词已经是强弩之末。就诗本身说，连尤、杨、范、陆和稍后的元遗山似乎都是多余的、重复的，以后的更不必提了。我们只觉得明清两代关于诗的那许多运动和争论，都是无味的挣扎。每一度挣扎的失败，无非重新证实一遍那挣扎的徒劳无益而已。本来从西周唱到北宋，足足两千年的工夫也够长的了，可能的调子都已唱完了。到此，中国文学史可能不必再写，假如不是两种外来的文艺形式——小说与戏剧，早在旁边静候着，准备届时上前来"接力"。是的，中国文学史的路线南宋起便转向了，从此以后是小说与戏剧的时代。

故事与雏形的歌舞剧，以前在中国本土不是没有，但从未发展成为文学的部门。对于讲故事、听故事，我们似乎一向就不大热心。不是教诲的寓言，就是纪实的历史，我们从未养成单纯的为故事而讲故事，听故事的兴趣。我们至少可说，是那充满故事兴味的佛典之翻译与宣讲，唤醒了本土的故事兴趣的萌芽，使它与那较进步的外来形式相结合，而产生了我们的小说与戏剧。故事本是民间的产物，不用讳言，它的本质是低级的。（便在小说戏剧里，过多的故事成分不也当悬为戒条吗？）正如从故事发展出来的小说与戏剧，其本质是平民的，诗的本质是贵族的。要晓得它们之间距离很大，而距离是会孕育恨的。所以我们的文学传统既是诗，就不但是非小说与戏剧的，而且推到极端，可能还是反小说与戏剧的。若非宗教势力带进来那点新鲜刺激，而且自己的歌实在也唱到无可再唱的了，我们可能还继续产生些《韩非·说储》，或《燕丹子》一类的故事，和《九歌》一类的雏形歌舞剧，但是，元剧和章回小说决不会有。然而本土形式的花开到极盛，必归于衰谢，那是一切生命的规律，而两个文化波轮由扩大而接触而交织，以致新的异国形式必然要闯进来，也是早经历史命运注定了的。异国形式也许早就来到了，早到起码是汉朝佛教初输入的时候，你可以在几百年中不注意它，等到注意了之后，还可以延宕，踌躇个又一度几百年，直到最后万不得已了，这才死心塌地，接受了吧！但那只是迟早问题。反正自己的花无法再开，那命数你得承认。新的种子从外面来到，给你一个再生的机会，那是你的福分。你有勇气接受它，是你的聪明，肯细心培植它，是有出息，结果居然开出很不寒伧的花朵来，更足以使你自豪！

第一度外来影响刚刚扎根，现在又来了第二度的。第一度佛教带来的印度影响是小说与戏剧，第二度基督教带来的欧洲影响又是小说与戏剧（小说与戏剧是欧洲文学的主干，至少是特色），你说这是碰巧吗？

不然。欧洲文化正如它的鼻祖希腊文化一样，和印度文化，往大处看，还不是一家？这样说来，在这两度异乡文化东渐的阵容中，印度不过是欧洲的头，欧洲是印度的尾而已。就文化接触的全盘局势来看，头已进来，尾迟早必需来到，应该也是早已料到的事。第一度外来影响，已经由扎根而开花了，但还不算开到最茂盛的地步，而本土的旧形式，自从枯萎后，还不见再繁荣的迹象，也实在没有再繁荣的理由。现在第二度外来影响，又与第一度同一种类，毫无问题，未来的中国文学还要继续那些伟大的元、明、清人的方向，在小说戏剧的园地上发展。待写的一页文学史，必然又是一段小说戏剧史，而且较向前的一段，更为热闹，更为充实。

但在这新时代的文学动向中，最值得揣摩的是新诗的前途。你说，旧诗的生命诚然早已结束，但新诗——这几乎是完全重新再做起的新诗，也没有生命吗？对了，除非它真能放弃传统意识，完全洗心革面，重新做起。但那差不多等于说，要把诗做得不像诗了。也对。说得更确点，不像诗，而像小说与戏剧，至少让它多像点小说与戏剧，少像点诗。太多"诗"的诗，和所谓"纯诗"者，将来恐怕只能以一种类似解嘲与抱歉的姿态，为极少数人存在着。在一个小说与戏剧的时代，诗得尽量采取小说与戏剧的态度，利用小说与戏剧的技巧，才能获得广大的读众。这样做法并不是不可能的。在历史上多少人已经做过，只是不大彻底罢了。新诗所用的语言更是向小说戏剧跨近了一大步，这是新诗之所以为"新"的第一个也是最主要的理由。其他在态度上，在技巧上的种种进一步的试验，也正在进行着。请放心，历史上常常有人把诗写得不像诗，如阮籍、陈子昂、孟郊，如华兹华斯（Wordsworth）和惠特曼（Whitman），而转瞬间便是最真实的诗了。诗这东西的长处就在它有无限度的弹性，变得出无穷的花样，装得进无限的内容。只有固执与狭隘才是诗的致命伤，纵没有时代的威胁，它也难立足。

每一时代有一时代的主潮，小的波澜总得跟着主潮的方向推进，跟不上的只好留在港汊里干死完事。战国、秦、汉时代的主潮是散文。一部分诗服从了时代的意志，散文化了，便成就了"楚辞"和初期的"汉赋"，成就了《铙歌》，这些都是那时代的光荣。另一部分诗，如《郊祀歌》、《安世房中歌》，韦孟《讽谏诗》之类，跟不上潮流，便成了港汊中的泥淖。

明代的主潮是小说，《先妣事略》，《寒花葬志》和《项脊轩记》的作者归有光，采取了小说的以寻常人物的日常生活为描写对象的态度，和刻画景物的技巧，总算是粘上了点时代潮流的边儿（他自己以为是读《史记》读来了的，那是自欺欺人的话），所以是散文家中欧公以来唯一顶天立地的人物。其他同时代的散文家，依照各人小说化的程度的比例，也多多少少有些成就，至于那般诗人们只忙于复古，没有理会时代，无疑那将被未来的时代忘掉。以上两个历史的教训，是值得我们的新诗人书绅的。

四个文化同时出发，三个文化都转了手，有的转给近亲，有的转给外人，主人自己却都没落了，那许是因为他们都只勇于"予"而怯于"受"。中国是勇于"予"而不太怯于"受"的，所以还是自己的文化的主人，然而也只仅免于没落的劫运而已。为文化的主人自己打算，"取"不比"予"还重要吗？所以仅仅不怯于"受"是不够的，要真正勇于"受"。让我们的文学更彻底的向小说戏剧发展，等于说要我们死心塌地走人家的路。这是一个"受"的勇气的测验，也是我们能否继续自己文化的主人的测验。

过去记录里有未来的风色。历史已给我们指示了方向——"受"的方向，如今要的只是勇气，更多的勇气啊！

律诗底研究

蜜月著《律诗底研究》稿脱赋感

春馆香闺镇彩霓，东莱贷笔漫灾梨——杖摇藜火兼燃梦，管秃龙须半扫眉。手假研诗方剖旧，眼光烛道故疑西。洛阳异代疏泉出，谁订"黄初二月"疑！

一九二二年三月八日

第一章 定 义

定义总是不可靠的。我这个律诗底定义，尤其不可靠。我说："律诗是一种短练、紧凑、整齐、精严的抒情体的，合乎一种定格之平仄的五言或七言八句四韵或五韵诗——中间四句必为对仗。"前半解其性质是举其荦荦大者，还有许多原素没有包括在内；后半说其形式处，没有一条没有变例。所以这条定义表面上虽像是很蕴括的，其实也少不了要带些附注，才能信得过。且待看到下文，便知道了。

唐时凡近体诗皆为律诗。李汉编《昌黎集》，绝句都收入律诗。白香山《长庆后集》分格律二体，将古调、乐府、歌行编入格诗，凡六句律、排律，皆为律诗。绝句被斥到律诗范围之外不知始于何时。自高秉

《唐诗品汇》因元微之李杜优劣论"铺陈终始，排比声韵"之语，遂创排律之名。排律与八句四韵律之分当从此始。我们以后凡说律诗即专指这八句四韵之五言七言两类律诗。绝句与排律根本上性情本异，不得混合而论。六句律除太白、退之、香山偶为之，后人作之者绝少，亦可置勿论。

第二章　溯　源

律诗之名是唐朝沈佺期、宋之问们创的。但律诗底起源还要远些。远到什么时代，却不能明确地划出来，因为诗从古体变为律体，这个历程是潜隐而且漫渐的。然而精细地讨溯起来，蛛丝马迹，未尝全无线索可寻。五律始于齐梁的"新体诗"。但这是说到这个时期，五律才神完体备了。在这以前其实早有个雏形的五律在那里日滋月长，渐臻成熟。这个雏形底征象至迟在魏晋人的作品中能找得出。律诗所以异于他种体裁的，只在其组织与声调。如今且就这两端分别考察之。

第一节　律诗底章底组织

诗至魏晋组织已渐趋近体，只声律还没有调协。排偶句法当然数见不鲜，如"日下荀鸣鹤，云间陆士龙"一联，不独对得精巧，而且声调亦全协律体了。甚至有全诗章法，宛然律体——首尾各为起结，中间都是整整齐齐的律句。如魏张协的《杂诗》第二首：

朝霞迎白日，丹气临旸谷。翳翳结繁云，森森散雨足；轻风摧劲草，凝霜竦高木；密叶日夜疏，丛林森如束。畴昔叹时迟，晚节悲年促。岁暮怀百忧，将从季主卜。

陆机、潘岳尤多这种作品。陆之《赠弟士龙》云：

> 行矣怨路长，悠焉伤别促；指途悲有余，临觞欢不足。我若西流水，子为东峙岳；慷慨逝言感，徘徊居情育。安得携手俱，契阔成騑服！

曹毗的《夜听捣衣》唯三四稍欠整饬，余亦尽合律体：

> 寒兴御纨素，佳人理衣衾。冬夜清且永，皓月照堂阴。纤手叠轻素，朗杵叩鸣砧。清风流繁节，回飙洒微吟。
> 嗟此往运速，悼彼幽滞心——二物感余怀，岂但声与音？

颜延之"镂金错采"，可称这时的代表。《读夏夜呈从兄散骑车长沙》、《车驾幸京口三月三日侍游曲阿后湖作》诸篇，可见其裁句之工整。《五君咏》阮步兵、嵇中散、向常侍三首不独章法恰合，而且是八句四韵。嵇中散一首又是押的平声韵，五六亦是纯粹的律句；"连"字虽然失粘，却"洽"字救回了：

> 中散不偶世，本自餐霞人——形解验默仙，吐论知凝神；立俗迕流议，寻山洽隐沦。鸾翮有时铩，龙性谁能驯！

此后谢惠连、鲍照间有此体，如谢之《西陵遇风献康乐》第二首、鲍之《萧史曲》，皆律体。到了谢朓才作得多了。集中全律体押平韵而且裁对工整者多至八首。共押仄韵及裁对未工者为二十七首。其后，这种作品几不胜数，如刘绘之《有所思》，简文帝之《折杨柳》，元帝之《咏阳云楼檐柳》、《折杨柳》，沈约之《伤谢朓》，江淹之《效阮公诗》第三首，任昉之《出郡传舍哭范仆射》第一首，柳恽之《捣衣诗》第二首、第四首，吴均之《主人池前鹤》，何逊之《临行与故游夜别》、《慈姥矶》、王籍之《入耶溪》，是其尤脍炙人口者。

第二节　律诗底句底组织

律诗底章底组织，前面已讲是颜延之完成的。律诗底句底组织，脱胎更早。盖卓文君的《白头吟》中已有：

> 皑如山上雪，皎若云间月。

之句。苏武《杂诗》亦云：

> 欢娱在今夕，燕婉及良时。

此实五言律句的萌芽。魏晋人铺用渐多，而裁对益整。于前录颜、谢、鲍诸作中，可以概见，然犹呆板生硬得很。如：

> 虎啸深巷底，鸡鸣桑树巅。
> 南津有绝济，北渚无河梁。
> 百城各异俗，千室非良邻。

等联都是勉强凑对，全无诗味，不过粗具偶句之间架而已。直到谢灵运的妙笔施以雕琢绘饰，然后"美轮美奂"，庶几邻于大成。

大谢纪游诸作其神工默运，摹画山水处，实开唐律声色之先河。观其名句如：

> 野旷沙岸净，天高秋月明。

池塘生春草，园柳变鸣禽。
崖倾光难留，林深响易奔。
云日相辉映，空水共澄鲜。

乃知其功候之深，亦即律诗底进化之又一进步也。梁、陈、隋间人专工琢句。如庾肩吾《泛舟后湖》"残虹收度雨，缺岸上新流"；张正见《赋得白云临浦》"疏叶临秫竹，轻鳞入郑船"；江总《赠人》"露洗山扉月，霜开石路烟"；隋炀帝"鸟击初移树，鱼寒欲隐苔"，皆成名隽。章法既备，句法复成，律诗底进化之组织的一部分已经告毕了。

但专有组织不能称律诗，必更平仄协稳，声调铿锵而后可。次论律诗底声调底进化。

第三节　五律底平仄

声调本包括平仄与韵法。律诗二、四、六、八句为韵（间亦有起句入韵者），是中国诗最古最普通的韵法，不必赘论。兹专论平仄。

有句（单句）底平仄，有节（两句为一节）底平仄，有章底平仄。盖字与字相协则句有平仄，句与句相协则节有平仄，节与节相协则章有平仄。单句底平仄兼见于古体、近体，故勿论。唯两句相连，各相调协，即谓节底平仄是也。古体中间有之，然较仅矣。节底平仄愈多，则古变近之征也。节节皆有平仄，且互相调协，则全近体矣。

五言诗节底平仄，自五言诗体诞生之日便有了。苏武《杂诗》中：

四海皆兄弟，谁为行路人？
征夫怀往路，起视夜何其。
寒冬十二月，晨起践严霜。

之句，已经平仄妥帖了。不过这还是散句。律诗底特点在其对句，故论律诗底平仄当自对句节底平仄起。对句节底平仄苏武底诗中也有了。如"欢娱在今夕，燕婉及良时。"一联便是。东汉辛延年的《羽林郎》中亦有数联：

  长裙连理带，广袖合欢襦。
  头上蓝田玉，耳后大秦珠。
  男儿爱后妇，女子重前夫。

宋子侯的《董娇饶》中亦有一联：

  秋时自零落，春月复芬芳。

谢榛曰："建安之作，率多平仄稳帖，此声律之渐，而后流于六朝，千变万化，至盛唐极矣。"今观魏晋作品而果然。如曹植之：

  行徒用息驾，休者以忘餐。

下录乃兼组织与声调而俱律者。其散句之音响入律者更不胜枚计。

  边城多警急，胡虏数迁移。
  始出严霜结，今来白露晞。
  居欢惜夜促，在戚怨宵长。
  丹唇列素齿，翠彩发蛾眉。
  志士惜日短，愁人知夜长。

诗至陶潜，音节渐入流畅。往往有四五句相连，平仄不乱者。如《丙辰岁八月中于下潠回舍获》中之：

郁郁荒山里，猿声闲且哀；悲风爱静夜，林鸟喜晨开。

又如《辛丑岁七月赴假还江陵夜行途中作》中之：

叩枻新秋月，临流别友生——凉风起将夕，夜景湛虚明。

至如下列各联则亦全乎律句：

暮作归云宅，朝为飞鸟堂。
正尔不能得，哀哉亦可伤。
放览周王传，流观山海图。

颜延之亦有同类的句子：

侧听风薄木，遥睇月开云。
立俗迕流议，寻山洽隐沦。

到了大谢，不独属对叶声之稳，而且见琢词运意之工。兹稍摘数联以为例：

乱流趋正绝，孤屿媚中川。
长林罗户穴，积石拥阶基。
铜陵映碧涧，石磴泻红泉。既枉隐沦客，亦栖肥遯贤。
攀崖照石镜，牵叶入松门。三江事多往，九派理空存。

鲍照集中此类句子更不胜枚数。聊录数联,当举隅:

> 乱流灇大壑,长雾匝高林。
> 归华先委露,别叶早辞风。
> 蜀琴抽白雪,郢曲发阳春。
> 阴崖积夏雪,阳谷散秋荣。

其实鲍照已经将律体(组织与声调)完成了。其《箫史曲》除"长"、"雾"、"登"三字失粘,已经是纯粹的一首五言律:

> 箫史爱长年,嬴女吝童颜;火粒愿排弃,霞雾好登攀;龙飞逸天路,凤起出秦关。身去长不返,箫声时往还!

谢朓有《奉和随王殿下》第十四首,只一个"金"字失粘,其余的平仄,比前一首,还要完全些:

> 分悲玉瑟断,别绪金樽倾——风入芳帷散,缸华兰殿明。
> 想折中园柳,共知千里情;行云故乡色,赠此一离声。

梁简文帝的《折杨柳》只第六句二、四两字失粘:

> 杨柳乱成丝,攀折上春时——叶密鸟飞碍,风轻花落迟。
> 城高短箫发,林空画角悲——曲中无别意,并是为相思!

元帝的《咏阳云楼檐柳》只末句二、三、四字失粘:

> 杨柳非花树,依楼自觉春——枝边通粉色,叶里映红巾;

带日交帘影，因吹扫席尘。拂檐应有意，偏宜桃李人。

元帝又有《折杨柳》，吴均有《春咏》、《主人池前鹤》及柳恽的《捣衣诗》第一、四首，皆有数字失粘。何逊的《慈姥矶》，平仄颇安，然三、四裁对尚不工整：

  暮烟起遥岸，斜日照安流。一同心赏夕，暂解在乡忧。野岸平沙合，连山远雾浮。客悲不自已，江上望归舟。

王籍的《入若耶溪》裁对工了，平仄还有毛病：

  艅艎何泛泛，空水共悠悠。阴霞生远岫，阳景逐回流；蝉噪林逾静，鸟鸣山更幽。——此地动归念，长年悲倦游！

以后诸家作品甚多，都有微瑕。直到张正见的《关山月》才纯粹了：

  岩间度月华，流彩映山斜；晕逐连城璧，轮随出塞车。唐蓂遥合影，秦桂远分花。欲验盈虚理，方知道路赊。

梁刘勰曰"左碍而寻右，末滞而讨前；则声转于吻，玲玲如振玉，词靡于耳，累累如贯珠。"此即沈约所谓"前有浮声，后须切响"者是也。可知当时于声调一道，研究到很精细了。

第四节　七律底进化

  律诗之发展，丝变毫移，初非旦夕之功。其始也，有句底组织，有章底组织，亦有句底声调，有节底声调，有章底声调，或隔代备体，或殊方创格；然后后起者掇拾前法，拼缀众制，初犹彼备此缺，前洽后乖，继乃渐臻纯粹，以成律体；正如沙中和丸，愈转愈大，愈转愈圆也。

大概到六朝，作诗不独为抒写性情，且成为一种艺术了。当时，虽然兵患频仍，究竟苦的只是平民；那些贵胄的奢靡，实为空前所未有。物质的享乐无极，艺术便因之而兴。从曹氏父子以至隋炀帝，中间的帝王公子鲜有不工吟咏者。于是文士才人，飙兴云集，会中于皇宫；君臣酬唱，蔚为奇观。这种情形，方之欧西，则法之路易十四时，庶几近之。盖艺术必茁于优游侈丽的环境中，而绮靡如律诗之艺术为尤然。

五律之源，既已溯矣，则七律不必缕论。因后者乃前者所茁之枝也。汉初《鸡鸣歌》曰：

> 曲终漏尽严具陈，月没星稀天下旦。

此七言律句之祖也。唐山夫人《安世房中歌》曰：

> 大海荡荡水所归，高贤愉愉民所怀。

亦七言律句之滥觞也。此后七言诗不可多见，间有之，率皆散行。鲍照的《行路难》中有句曰：

> 红颜零落岁将暮，寒光宛转时欲沉。

然在当时竞尚五言，七言垂绝之际，忽得此联，真凤毛麟角也。梁简文帝有《春情》一首，属对绝似七律，唯篇末杂以五言二句。至江总时，五律之体毕具，乃有《闺怨篇》，大似七言排律：

寂寂青楼大道边，纷纷白雪绮窗前；池上鸳鸯不独自，帐中苏合还空然；屏风有意障明月，灯火无情照独眠。辽西水冻春应少，蓟北鸿来路几千。愿君关山及早度，照妾桃李片时妍！

温子升之《捣衣》，王勘之《北山》，及陈后主之《听筝》，皆简文的《春情》之类，兹不赘录。唯庾信之《乌夜啼》组织始全律体：

促柱繁纷非子夜，歌声舞态异前溪；御史府中何处宿？洛阳城头哪得栖？弹琴蜀郡卓家女，织锦秦川窦氏妻，讵不自惊长泪落——到头啼乌恒夜啼？

然其声律犹多未谐。至唐兴宋之问、沈佺期等起而"研揣声音，浮切不差"，于是七律之体制，始大备矣。

盖历汉、魏、晋、宋，七言之制寥寥焉。齐、梁而还，作者渐众，七律之胚胎亦见于此时。曾几何时，递阅陈、隋以及初唐，而其体制，遂告大成；抑何其进化之速也！且七律之体，不成于五律之前，而成于其后，又岂偶然哉？吾故曰七律未尝独立而进化，盖实五律之茁枝耳。夫七律五律，仅句间字数不同，初未有他别。故五律之体既成，七律实亦在其中；二者固无异源之理也。然谓七律与古诗全无关系，则亦拘论。七律虽出自五律，然断不致全乎不受此前若断若继之七言古体之影响；至少，其七言之句格则固古诗之遗也。今将五律七律之源流，列为图式以醒目：

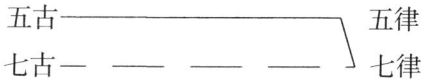

第三章 组 织

有句底组织,有章底组织,格律矩范悉求工整,此律诗之名之所由起也。

第一节 队 仗

句指队仗句也。此乃律诗之发端。句底组织底正格是上联第一字对下联第一字,第二字对第二字,以此类推。如:

绿垂风折笋,红绽雨肥梅。
蒹葭淅沥含秋雾,橘柚玲珑透夕阳。

然大家每以诡变出奇,于是有借对、扇对、就对诸法焉。借对之种类甚多,有借字音者,有借字义者。借字音者如:

樽开柏叶酒,灯发九枝花。
根非生下土,叶不坠秋风。
高腾霄凤渚,下睨塞鸿宾。
次第寻书札,呼儿检赠诗。
厨人具鸡黍,稚子摘杨梅。
天子居丹扆,廷臣献六箴。
青门无外事,尺地是生涯。
白发不愁身外事,六幺且听醉中词。

此借"柏"作"百"以对"九",借"下"作"夏",以对"秋",借"渚"作"主"以对"宾",借"第"作"弟"以对"子",借"杨"作"羊"以对"鸡",借"六"作"绿"以对"丹",借"尺"作"赤"以对"青",又借"六"作"绿"以对"白"也。借字义者如:

羊肠连九阪,熊耳对双峰。

"熊耳"本山名,此则借"熊"以对"羊",借"肠"以对"耳";取其字之义也。又如:

崩石欹山树,清涟曳水衣。

"水衣"本藻名,此则借其字之义,以"水"对"山",以"衣"对"树"。又如:

此日六军同驻马,他年七夕笑牵牛。

"七夕"是专名,"六军"是泛名,对其字之义也;"牵牛"亦一专名,"驻"为动词,"马"为泛名词,对以"牵"与"牛",亦取其字之义。他如:

面带霜威辞凤阙,口传天语到鸡林。
千寻铁锁沉江底,一片降幡出石头。

"鸡林"、"石头"皆地名,此借其字义以对"凤阙"、"江底"。

对月夜穷黄石略,望云秋计黑山程。

"黄石"人名、"黑山"山名,不当为对;对其字之义也。

身无彼我那怀土,心会真如不读经。

"真如"佛语也,"谓实体实性而永久不变之真理",以对"彼我",又借其字之义耳。又如杜诗:

酒债寻常行处有,人生七十古来稀。

一联亦属此类。刘熙《释名》谓:"十丈曰寻,倍寻曰常。"是"寻常"亦数目字,故能借以对"七十"。王安石诗:

自喜田园安五柳,但嫌尸祝扰庚桑。

《石林诗话》谓:"'庚'亦自是数,盖以十千数之也。"故得借之以对"五"。

律诗中又有所谓扇对者:三与五对,四与六对也。此法白居易常用之,然后世治之者甚少。例如:

新篇日日成,不是爱声名;旧句时时改,无妨悦性情。

又如:

我随鹓鹭入烟云,谬上丹墀为近臣;君同鸾凤栖荆棘,犹著青袍作选人。

就对者,就本句中自以为对也。有字与字为对者,有词与词为对者。字与字为对者如:

> 气色皇居近,金银佛寺开。
> 四十明朝过,飞腾暮景斜。
> 身无彼我那怀土,心会真如不读经。
> 却缘桂玉无门住,不算山川去路赊。
> 等闲遇事成歌咏,取次冲筵隐姓名。

不知者将谓"气色"断难对"金银","四十"更不能对"飞腾"。岂知此处"气"对"色","金"对"银","四"对"十","飞"对"腾"哉?余皆以此类推。

词与词对者如:

> 才归龙尾含鸡舌,更立螭头运兔毫。
> 桃花细逐杨花落,黄鸟时兼白鸟飞。
> 九陌尘埃千骑合,万方臣妾一声欢。
> 一枝一影寒山里,野水野花清露时。
> 鸟去鸟来山色里,人歌人哭水声中。
> 银台直北金銮外,暑雨初晴皓月中。
> 乱山孤店雁声晚,一马二童溪路秋。

此则"龙尾"对"鸡舌","螭头"对"兔毫"。余以类推。李商隐有《当句有对》一诗,则通首皆用就对法者:

> 密迩平阳接上兰,秦楼鸳瓦汉宫盘;池光不定花光乱,日气初含雾气干。但觉游蜂饶舞蝶,岂知孤凤忆离鸾。三星自转

三山远，紫府程遥碧落宽！

大凡队仗，骈字俪词而已。至于全句之意，对与不对，无关系也。如：

树头蜂抱花须落，池面鱼吹柳絮行。
感时花溅泪，恨别鸟惊心。

此字对词对而兼对全句之意者也。

今君度砂碛，累月断人烟。
亲朋尽一哭，鞍马去孤城。
乐哉客膝地，著此曲肱崩。
中秋云净出沧海，半夜露寒当碧天。
青云满眼应骄我，白发浑头莫恨渠。
睫在眼前犹不见，道非身外更何求？
身事未知何日了，马蹄惟觉到秋忙。
岂意青州六从事，化为乌有一先生？
请看行路无穷泪，尽是当年不忍欺。
岂知鹤发残年叟，犹读蝇头细字书？

上列各联，意皆直贯，而非并列，然字面词面则犹对偶也。苏轼有一联，虽为古诗，然最能代表这种句底组织法：

守子不贪宝，完我无瑕玉。

至于对字对词有一即可。如：

> 千寻铁锁沉江底，一片降幡出石头。
>
> 贝多纸上经文动，如意瓶中佛爪飞。

前联字对而词不对，后联词对而字不对。若：

> 前身自是卢行者，后学过呼韩退之。

则词字兼对者也。

第二节　章底边帧

八句为一章，此律诗之定格也。汪师韩曰："《三百篇》之诗，章八句者为多，此外则十二句为止耳。唐律限以八句，虽体格非古，不可谓非天地自然之节奏也。风雅之诗，独《宾之初筵》一诗有多至章十四句者……孔疏所谓'真言写志，不必殷勤'者也。近有作诗话者，谓齐、梁以来，乐府限以八句，不复有咏歌嗟叹之意。夫齐、梁以来乐府，固是不如汉、魏。然其所以不如者，岂八句之谓？"律诗乃抒情之工具，宜乎约辞含意，然后句无余字，篇无长语，而一唱三叹，自有弦外之音。抒情之诗，无中外古今，边帧皆极有限，所谓"天地自然之节奏"，不其然乎？故中诗之律体，犹之英诗之"十四行诗"（Sonnet）不短不长实为最佳之诗体。律诗八句为一章，取数之八，又非无谓。盖均齐为中国艺术之特质，八之为数，最均齐之数也。（参阅《辨质》章。）

然律诗亦有六句便成一首者。李白《送羽林陶将军》云：

> 将军出使拥楼船，江上旌旗拂紫烟；万里横戈探虎穴，三杯拔剑舞龙泉。莫道词人无胆气，临行将赠绕朝鞭。

此为六句律诗之始。以后唯白居易最多，如《寒闺夜》、《县西郊秋寄马造》、《留题杭州郡斋》、《感芍药花寄正一上人》、《孤竹寺石榴花侍御小妓乞诗》，皆用此体。《昌黎集》中亦间有之，如《谢李员外寄纸笔》云：

　　题是临池后，分从寄草余；兔尖针莫并，茧净雪难如。莫怪殷勤谢，虞卿正著书。

此又五言之六句律体诗也。

第三节　章底局势

律诗之最正当的局势为颈腹两联平行并列，首尾各作一束。若以图式表之，当如下形：

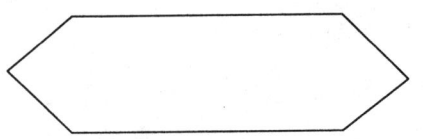

盖起首及收尾的两句实是两读；须两读相合，才能完成一个意思——才能算一个整句子。例如杜审言《和晋陵陆丞相早春游望》起以：

　　独有宦游人，偏惊物候新。

结以：

　　忽闻歌古调，归思欲沾襟。

这都是两读合说一意,拆开便不成语。至于其中两联:

> 云霞出海曙,梅柳渡江春;淑气催黄鸟,晴光转绿苹。

便是平行并列,各自成句了。七言中如杜牧的《街西长句》:

> 碧池新涨浴娇鸦,分锁长安富贵家——游骑偶同人斗酒,名园相倚杏交花,银鞍裹裹嘶宛马,绣鞅璁珑走钿车。一曲将军何处笛——连云芳树日初斜!

又如陆游的《初秋骤凉》:

> 我比严光胜一筹,不教俗眼识羊裘——沧波万顷江湖晚,渔唱一声天地秋。饮酒何尝能作病?登楼是处可消忧。名山海内知何恨!准拟从今更烂游。

都是好例。右列各例为律体底正格。然亦有变格;种类甚多,有一二为对者,如杜甫的《奉和贾至舍人早朝大明宫》:

> 五夜漏声催晓箭,九重春色醉仙桃。

又如李商隐的《牡丹》则起句入韵又与二为对者:

> 锦帷初卷卫夫人,绣被犹堆越鄂君。

有七八为对者,即杜甫的《闻官军收河南河北》:

> 即从巴峡穿巫峡，便下襄阳向洛阳。

又有通首皆对者，如苏轼的《舟行至清远县见顾秀才极谈惠州风物之美》：

> 到处聚观香案吏，此邦宜著玉堂仙；江云漠漠桂花湿，海雨翛翛荔子然。闻道黄柑常抵鹊，不容朱橘更论钱。恰从神武来弘景，便向罗浮觅稚川。

又有三四不对者，五律如李白的《夜泊牛渚怀古》：

> 牛渚西江夜，青天无片云；登舟望秋月，空忆谢将军——余亦能高咏，斯人不可闻。明朝挂帆席，枫叶落纷纷。

又如杜甫的《月夜》，孟浩然的《与诸子登岘山》，都属此体。七律如崔颢的《黄鹤楼》：

> 昔人已乘黄鹤去，此地空余黄鹤楼；黄鹤一去不复返，白云千载空悠悠。晴川历历汉阳树，芳草萋萋鹦鹉洲——日暮乡关何处是？烟波江上使人愁。

然第五六则未有不对者。唯白居易有通首不对，但平仄甚调者自编在律诗中。如《重题西宁寺牡丹忆元九》云：

> 往年曾向东都去，曾叹花时君未回；今年况作临江别，惆怅花前又独来。只愁离别长如此，不道明年花不开。

然白之外，绝少人作。不当列为律体。

总观上述的句底组织及章底组织，其共同的根本原则为均齐。作者尽可变化翻新，以破单调之弊，然总必须在均齐的范围之内。如此则于"均齐中之变异"一律始相吻合。夫既择作律体，则已承认将作均齐之艺术，犹言自甘承受均齐律之镣锁；乃复擅用散句，置诗律于不顾，是则自相矛盾也。若诚嫌律体之缚束，则迳作古体可耳。况抒情之作，不容不用律体，自大有道理在也！（律诗底美质，参阅《辨质》章。）

第四章 音 节

音节包括三部分：一为平仄，一为逗，一为韵。

第一节 逗

分逗之法本无甚可研究者，是以前人从未道及。唯其功用甚大，离之几不能成诗，余故特细论之。

魏来（Arthur Walay），一个中诗的译家，说中诗的平仄等于英诗的浮切（Stress）——平为浮音（Unaccented Syllable），仄为切音（Accented Syllable）。但在英诗里，一个浮音同一个切音即可构成一个音尺，而在中诗里，音尺实是逗，不当与平仄相混。例如：

春水　船如　天上坐

其天然的音尺为"春水"一尺，"船如"一尺，"天上坐"又一尺。其切音在"春"、"船"、"天"、"坐"四字上。但其平仄底位置则迥异：

春水船如天上坐

此则当读如"平仄平平平仄仄",与上之"浮切浮切浮切浮",显难印合。观此已可知平仄之非音尺也。且音尺必有一律之长度,而每句之音节又须有一律之数目;今于平仄中,绝无规律可寻。若按英诗 iambic trimeter 以定平仄,则平仄又乱:

˘ —— ˘ —— ˘ —— ˘ =浮切

○ ● ○ ● ○ ● ○=平仄

然则平仄既不能合于浮切之音响,又无整齐之节奏,其非浮切之类,无疑矣。

大概音尺(即浮切)在中诗当为逗。"春水"、"船如"、"天上坐"实为三逗。合逗而成句,犹合"尺"(meter)而成行(line)也。逗中有一字当重读,是谓"拍"。"春"、"船"、"天"、"坐"着拍之字也。至于平仄,乃中诗独有之物;因四声亦唯中国文字所独具,平仄出于四声者也。平仄出于声,而浮切属于音。声与音判若昼夜。是以魏来之说,牵强甚矣。

中国诗不论古体、近体,五言则前两字一逗,末三字一逗;七言则前四字每两字一逗,末三字一逗。五言底拍在第一、三、五字;七言在第一、三、五、七字。凡此皆为定格,初无可变通者。韩愈独于七古句中,颠倒逗之次序,以末之三字逗置句首,以首之两二字逗置句末,实为创法,然终不可读。如《送区宏》之:

落以斧,引以 缫微。
子去矣,时若 发机。

又如《陆浑山火》之:

溺厥邑，囚之　昆仑。

真不堪入耳矣。古诗尚不能如此，况律诗乎？盖节奏实诗与文之所以异，故其关系于诗，至重且大；苟一紊乱，便失诗之所以为诗。（参阅《诗底音节底研究》。）

第二节　平　仄

然则如此固定之节奏，不嫌单调乎？曰：然。但非无救济之法。救济之法唯何？平仄是也。前既证明平仄与节奏，不能印合，且实似乱之者。诚然，乱之，正所以杀其单调之感动耳。盖如斯而后始符于"均齐中之变异"之律矣。平仄之功用犹不止此。最完全的平仄——律诗底平仄，是一个最自然的东西。从来不知诗的人，你对他讲了"平平仄仄仄平平"，差不多他自己会替你续下去"仄仄平平仄仄平……"所以若讲了头句"平平仄仄仄平平"，第二句若不是"仄仄平平仄仄平"，听起来便很不顺耳。因为讲了头句，依着自然的趋势，你当然企望第二句，果然得不着第二句，或得着了又错了一二字，你的企望大失，便起了一种"不快感"。人的官能有一种"感觉之流"。"感觉之流"被阻滞，就是神经在没预备时忽受一个袭击，以致神经的平均冲坏，而起不快之感。大概平仄中定有一个天然律，与人的听觉适合，所以厌应人的感觉的企望而生愉快。但这是一个什么律，他是怎样合于听觉的，尚待研究。

平仄不独见于句间，尚有节（两句为一节）底平仄及章底平仄。字与字相协则句有平仄，句与句相协则节有平仄，节与节相协则章有平仄。句合而节离，节协而章乖，皆足以乱音节。句底平仄易明也。若上句合而下句离，如庾信《咏画屏风诗》：

路高山里树，云低马上人。

则节无平仄。以句而论，"云低马上人"平仄协矣。然上句既为"仄平平仄仄"，接以"平仄仄平平"，斯为不翻。必欲保下句之"平平仄仄平"，则须易上句为"仄仄平平仄"。又若全章四节时离时合，则章之平仄乱矣。如江总的《并州羊肠坂》：

三春别帝乡，五月度羊肠；本畏车轮折，翻嗟马骨伤。惊风起朔雁，落照尽胡桑——关山定何许，徒御惨悲凉！

"关山……"一节，以节而论，非不协律。唯置于此处，则当易"平平仄平仄，平仄仄平平"为"平仄平平仄，平平仄仄平"。

律诗底平仄，据王渔洋的《律诗定体》，分为四种：（一）仄起不入韵，（二）仄起入韵，（三）平起不入韵，（四）平起入韵。原书辨之甚详，兹不赘述。渔洋尝说："律句只要辨一三五，俗云一三五不论，怪诞之极，决其终身必无通理。"研究声律者，此当注意。

七律有所谓拗体者别为一体。如：

郑县亭子涧之滨。
独立缥缈之飞楼。

之类是也。杜甫最多此类，专用古体，不谐平仄。中唐以后，则李商隐、赵嘏辈创为一种，以第三第五字平仄互易。如：

溪云初起日沉阁，山雨欲来风满楼。
残星几点雁横塞，长笛一声人倚楼。

之类，别有击撞波折之致。至元好问又创一种，在第六字。如：

来时珥笔夸健讼，去日攀车余泪痕。
太行秀发眉宇见，老阮亡来樽俎闲。

之类，集中不可枚举。然后人习用者少。拗体偶尔用之，亦见新颖，但不可滥耳。

第三节 韵

律诗韵法简单。第二、四、六、八句必着韵脚。有起句入韵者，亦有起句不入韵者。故每章多则五韵，少则四韵。

通韵之法，独非古诗所有，律诗亦然，盖自唐已如是矣。所通之韵以东、冬、鱼、虞为尤多。如苏颋《出塞》五律乃微韵，次联用"麾"则支韵也。杜甫《崔氏玉山草堂》七律乃真韵，三联用"芹"字，则文韵也。刘长卿《登思禅寺》五律乃东韵，三联用"松"字，则冬韵也。戴叔伦《江乡故人集客舍》五律乃冬韵，三联用"虫"字，则东韵也。间邱《晓夜渡淮》五律乃覃韵，次联用"帆"字，则咸韵也。魏兼恕《送张兵曹》五律乃东韵，首联用"农"字，则冬韵也。耿湋《紫芝观》五律乃冬韵，首联用"风"字，则东韵也。释澹交《望樊川》五律乃冬韵，首联用"中"字，则东韵也。至如李贺《追赋画江潭苑》五律杂用"红"、"龙"、"空"、"钟"四字，此则开后人辘轳进退之格，诗中另为一种矣。其东韵之有"宗"字，鱼韵之有"胥"字，必是唐人原是如此，非属通韵。如耿湋《诣顺公问道》五律之末联，王维《和仆射晋公扈从温汤》长律之第八联，杨巨源《圣寿无疆词》长律其八之末联，司空曙《和常舍人集贤殿》长律之第三联，俱用东韵而有

"宗"字。（李白《鹦鹉洲》一章乃庚韵而押"青"字。此诗《唐文粹》编入七古，后人编入七律。其体亦可古可今，要皆出韵也。）唐律第一句多用通韵字，盖此句原不在四韵之数。是谓之"孤雁入群"。然不可通者，亦不用也。

凡前所举者皆通韵之泛用者。郑谷与僧齐己等始共定律诗通韵之定格三种：一曰葫芦，一曰辘轳，一曰进退。此则所谓"变异中之均齐"也。葫芦格者先二后四；辘轳格者双出双入；进退格者一进一退也。黄庭坚《谢送宣城笔》云：

> 宣城变样蹲鸡距，诸葛各家将鼠须。一束喜从公处得，千金求贾市中无。漫没墨客摹科斗，胜与朱门饱蠹鱼。愧我初无草《玄》手，不将闲写吏文书？

此诗前二联押七虞，后二韵押六鱼；所谓双出双入者，辘轳韵也。苏轼《题南康寺重湖轩》曰：

> 八月渡重湖，萧条万象疏——秋风片帆急，暮霭一山孤。许国心犹在，康时术已虚；岷峨千万里，投老将归无？

此诗以鱼虞二韵相同而押，所谓一进一退也。《清波杂志》谓东坡自跋律诗可用两韵而引李诚之《送唐子方》两押"山"、"难"字为证，不知诚之所用者进退格耳。《湘素杂记》谓郑谷进退格两韵押某韵，两韵又押某韵，如先押十四寒两韵，再押十五删两韵也。然此体是双出双入，而非一进一退。又元人律诗多用进退格者。如元好问《望王李归程》乃"虞"韵，中联用"徐"字；《寄杨飞卿》乃"冬"韵，中联用"虫"字；《华不注山》乃"删"韵，末联用"寒"字；虞集《还乡》乃"支"韵，末联用"如"字；萨都剌五言如《寄石氏瞻之》用

"庚"、"青",七言如《酬桂芳庭》之用"青"、"蒸",五言《寄王御史》乃"真"韵,而首联用"垠",七言《病中夜坐》乃"文"韵,而末联用"喧";又如杨廉夫《益府白兔》用"寒"、"删",《出都》其二用"支"、"微"。《乔夫人鼓琴》用"庚"、"青",皆进退格也。辘轳、进退诸格终须就可通之韵通之,否亦不可滥用。通韵昔本无规则,自此诸格成,而诗律乃愈析愈细,愈变愈奇。诗家之欲艺术化律诗之体,盖无孔不入矣。

第五章 作 用

戏曲诗(Dramatic)中国无之。叙事诗(Epic)仅有且无如西人之工者。抒情诗(Lyric)则我与西人,伯仲之间焉。如叙焦仲卿夫妇之事,盖非古诗莫办,故古诗叙事之体也。至于抒情,斯唯律诗。厥理有四,请娓述之。

第一节 短练底作用

抒情之作,宜短练也。比事兴物,侧托旁烘,"不着一字,尽得风流",斯为上品。盖热烈之情感,不能持久,久则未有不变冷者。形之文词其理亦然。《三百篇》风雅之什多不过章十四句,少则八句;八句者什六七焉。古诗谣中恬淡如《击壤歌》,庄雅如《卿云歌》、《玉牒辞》,悲楚如杞梁殖妻《琴歌》、《易水歌》、《箜篌引》("公无渡河")、《悲歌》("悲歌可以当泣");旷达如《大人先生歌》;写情如《北方有佳人》;写景如《敕勒歌》,皆不过落落数语耳,然终为千古绝调。孔颖达曰:"真言写志,不必殷情。"夫岂惟不必?是殷情不得,殷情徒损其言之价值耳。盖情则如是之多,铺延之以增其长度则密度减,缩之以损其长度则密度增。抒情之诗旨在言情,非为眩耀边幅，故宁略其词以浓其情。律诗之体制章才八句，七言不过五十六字，五言仅四十字耳。古诗嫌其长，绝句病其短；唯此适中，抒情之妙具也。

第二节　紧凑底作用

抒情之作，宜紧凑也。既能短练，自易紧凑。王渔洋说，诗要洗刷得尽，拖泥带水，便令人厌观。边幅有限，则不容不字字精华，榛芜尽芟。繁词则易肤泛，肤泛则气势平缓，平缓之作，徒引人人睡，焉足以言感人哉？艺术之所以异于非艺术，只在其能以最经济的方便，表现最多量的情感，此之谓也。何以知律诗之体裁之具有紧凑之质哉？此当取排偶句——律诗之特点——考察之。凡排偶之句总宜摒弃虚字，而以名词、动词、形容词、状词等词构之。盖虚字无意义，何以属对？实字则易于骈物比事矣。

> 五更鼓角声悲壮，三峡星河影动摇。
> 红稻啄余鹦鹉粒，碧梧栖老凤凰枝。
> 九天阊阖开宫殿，万国衣冠拜冕旒。
> 金蟾啮锁烧香入，玉虎牵丝汲井回。
> 永忆江湖归白发，欲回天地入扁舟。
> 万顷烟波鸥世界，九秋风露鹤精神。
> 乱山孤店雁声晚，一马二童溪路秋。

这些都是最能代表律诗的句法；在律诗中要占十之八九。其余像下例的这类句法，究竟少见：

> 求之流得岂易得？行矣关山方独吟！

君特未知其趣耳，我今时复一中之。

大冠长剑已焉哉！短褐秃中归去来！

我本疏顽固当尔，子犹沦落况其余？

温纯如此岂复见？报施言之尤可疑。

倦客再游行老矣！高僧一笑故依然。

宋人一味想翻新出奇，别开蹊径，所以创出这种非驴非马的句格。说他是诗，他"之乎者也"地凑合一堆，尝来了无诗味；说他是文，他又对仗声响，俨然不差。还有人想用虚字想迫了，便将带虚字的人名嵌进句子里，这样把虚字当了实字，便容易驾驭得多了。例如：

前身自是卢行者，后学妄呼韩退之。

牧之宏放见文字，白也风流余酒樽。

两联便是。然就此也可见律句里运用虚字是极不自然的。律诗里一个字要当几个字用，所以只字半词都是珍贵的，哪可容人"之乎者也"地浪费边帧呢？律句里如上举"金蟾……"一联本云，"金蟾啮锁虽固而烧香犹得入其内，井水虽深而玉虎亦能牵丝而汲回之"。是本有虚字甚多，不过作者欲其辞密而意深，乃故将虚字删掉。不然不值钱的虚字谁还不会用呢？如今有人反故避实字，强凑虚字以成句，在他们以为勾心斗角，自喜新奇，我却说是嗜痂转丸，"拂人之性"。

律诗往往一首中包括无数的意思。古诗叙事之作，性质本殊，无论矣。绝句限于字数往往不能不就一事说一事，就一感说一感。律诗则不然，发念虽一，而抽绪多端。作者每一动念，其所寄慨者辄蝉联珠贯，凡吊古，伤时，感年，叹遇，思亲，怀土，千头万绪，莫不续起。例如老杜之《公安送韦二少府匡赞》末节云：

时危兵革黄尘里，日短江湖白发前——古往今来皆涕泪，断肠分手各风烟！

此真所谓"对此茫茫，百感交集"者也。他如杜之《阁夜》、《黄草》、《野望》、《愁》，皆此之类也。李商隐咏史诗竟有一句说一事者，则亦紧凑之一种也。例如《南朝》、《隋宫》、《隋师东》诸作便是。盖白描直叙便词繁而犹晦，用典正能免此病。是以律诗之用典乃谋紧凑之最妙法门耳，乌可厚非哉？请观义山之《隋师东》乃益喻：

　　东征日调万黄金，几竭中原买斗心！军令未闻诛马谡，捷书惟是报孙歆。能须鸑鷟巢阿阁，岂假鸱鸮在泮林？可惜前朝玄菟郡？积骸成莽阵云深！

刘勰曰："明理引乎成辞，征义举乎人事。"此之谓也。

第三节　整齐底作用

　　抒情之作，宜整齐也。律诗之整齐之质于其组织、音节中兼见之。此均齐之组织，美学家谓之节奏（Rhythm）（斯宾塞谓复现Repetitin底原理是节奏底基础。参阅《诗底音节底研究》）。法人基耀（Guyau）于其《现代之美学问题》（Les Problemes de Les thétique contemporine）里讲道："理想的诗（专指其声律讲）可以释为一切情感的思想所必造的形体。"感情之起，实赖节奏有以激荡之。他由接济"心体机关"（Psycho-Physical Organism）底震动以刺戟情感使现于感觉。故虽至原始的艺术，只要他具有节奏之一质，便能感人。然情感有时达于烈度至不可禁。至此情感竟成精神之苦累。均齐之艺术纳之以就矩范，以挫其暴气，磨其棱角，齐其节奏，然后始急而中度，流而不滞，快感油然生矣。华茨活士（Wordsworth）曰："惊变是脑筋底一个非常仅见之情势……若有一中节之物底同在……自不能不收调剂与节制情感之伟效。"因此悲剧入诗，不独较散文为可耐，且能发生快感焉（参阅 Alden: Introduction toPoetry）。盖始则激之使急，以高其度，继又节之使和，以延其时。艺术之功用，于斯备矣。律诗言情撼怨，从无发扬蹈厉之气而一唱三叹，独饶深致。盖以杜甫、陆游、元好问诸家每多此境。

第四节　精严底作用

抒情之作，宜精严也。精严之质与整齐有密切关系。艺术之格律不妨精严，精严则艺术之价值愈高。美原是抽象的感觉，必须一种工具——便是艺术——才能表现出来。工具越精密，那美便越表现得明显而且彻尽。诗之有借于格律音节，如同绘画之借于形色线。一方面形色线或格律音节虽然似能碍窒绘画或诗底美底充分之表现，其实他方面这些碍窒适以规范而玉成其美之表现。这个道理可以用席勒的游戏冲动说解明之。人的精力除消费于物质生活的营求之外，还有余裕。要求生活的绝对的丰赡，这个余裕不得不予以发泄；其发泄的结果便是游戏与艺术。可见游戏、艺术同一泉源，亦可说是一而二，二而一——下棋打球不能离规则，犹之作诗不能废格律。格律越严，艺术越有趣味。欧阳修说韩愈"得窄韵则不复傍出，而因难见巧，愈险愈奇……"又把用韵比作驭车，用窄韵便是"水曲蚁封，疾徐中节，而不稍蹉跌……"我说诗家作律诗，驰骤于律林法网之中，而益发意酣兴热，正同韩信囊沙背水，邓艾缒兵入蜀一般的伎俩。白理（Bliss Perry）说得好："差不多没有诗人承认他们真正受缚于篇律。他们喜欢带着脚镣跳舞，并且要带着别个诗人底镣跳。"可知格律是艺术必须的条件。实在艺术自身便是格律。精湛的格律便是精湛的艺术。故曰律诗的价值即在其格律也。然则格律精严何以适于抒情哉？盖热烈的情感的赤裸之表现，每引起丑感。莎士比亚之名剧中，每到悲惨至极处，便用韵语以杀之。歌德作Faust时也发明了这点，曾于其致席勒的信里说过了的。韩愈《元和圣德诗》叙刘辟被擒，全家就戮底情景曰：

　　解脱挛索，夹以砧斧。婉婉弱子，赤立伛偻；牵头曳足，先断腰膂。次及其徒，体骸撑柱。末乃取辟，骇汗如雨，浑刀纷纭。争切脍脯。

苏轼谓其少蕴藉，殊失雅颂之体。假使退之用了律体来形容这段故事，我包他不致得这样的结果，令人发戴齿紧，不敢再读。因为精严的艺术能将丑恶的实象普遍化了，然后读者但觉其为人类同有的一个抽象的经验——即一个概念；而非为某人某地确有的事实，自然不觉其如彼之可嫌可怕也。杜甫诗曰：

　　"晚节渐于诗律细。"

这正是他功夫长进底宣言呵！
　　综观上述抒情诗所必需之四条件，律诗都有了。律诗实是最合艺术原理的抒情诗文。英文诗体以"商勒"为最高，以其格律独严也。然同我们的律体比起来，却要让他出一头地。

第六章　辨　质

　　研究中国诗的，只要把律诗底性质懂清了，便窥得中国诗底真精神了。其余如古诗、绝句、乐府，都可不必十分注意。因为一则律诗是中国诗独有之体裁，二则他能代表中国艺术底特质，三则他兼有古诗、绝句、乐府底作用。

第一节 中诗独有的体制

（一）别种体裁的诗在西方的文学中都可找出同类，只有律诗不能。别种诗都可翻译，律诗完全不能。他的意义有时还译得出，他的艺术——格律音节——却是绝对地不能译的。律体的美——其所以异于别种体制者，只在其艺术。这要译不出来，便等于不译了。英诗"商勒"颇近律体，然究不及。

（二）律诗底体格是最艺术的体格。他的体积虽极窄小，却有许多的美质拥挤在内。这些美质多半是属于中国式的。律体在中国诗中做得最多，几要占全体底半数。他的发展最盛时是在唐朝——中国诗最发达的时代。他是中国诗底艺术的最高水涨标。他是纯粹的中国艺术的代表。因为首首律诗里有个中国式的人格在。

第二节 均 齐

若如西人所说建筑是文化底子宫，那么诗定是文化底胚胎。中国艺术中最大的一个特质是均齐，而这个特质在其建筑与诗中尤为显著。中国底这两种艺术的美可说就是均齐底美——即中国式的美。因为地理上中国底山川形势是极整齐的。我们的远祖从中亚细亚东徙而入中原，看见这里山川形势，位置整齐，早已养成其中正整肃底观念。加以其气候温和，寒暑中节，又铸成其中庸底观念。中庸原是不偏不倚之谓，其在空间，即为均齐。原来人类底种种意象——观念——盖即自然底种种现象中所悟出来的。我们的先民观察了整齐的现象，于是影响到他们的意象里去。也染上整齐底的色彩了。这个意象底符号便是《易经》里的八卦。他表现于智、情、意三方面的生活，便成我们现有的哲学、艺术、道德等理想；我们的真美善底观念之共同的原素（即其所以发育之细胞核）乃是均齐。如今便就这三方面次第论之。

A.我们的形而上学当然以《易》为总汇。他的道理都是从阴阳（或曰乾坤、刚柔）两个原力变化出来的。《易》所谓"两议"、"四象"、"八卦"，其数皆双。双是均齐底基本原素。"正"、"负"之名亦见于西方，但究不如中国底"阴"、"阳"用得普遍。便是中国的道术、医理等艺也都是傍着这两个字演出来的。《易》理不独是整齐，而且是有变异的整齐；这也可于八卦里看得出。

B.中国的伦理观念也不出均齐底范围。梁漱溟先生讲："孔子的伦理实寓有他所谓絜矩之道在内。父慈子孝，兄友弟恭，总使两方面调和而相剂，并不是专压一方面的……"梁任公先生以"相人偶"来解释"仁"字，同这个意思正合。两家的说法都与均齐之义相联。至中庸之义，前已稍论。孔子赞美大舜说："执其两端，用其中于民。"又说："我叩其两端而竭焉。"又曰："攻乎异端，斯害也已。"（从梁任公先生底训释，见《国学小史》）这都讲道德的真理必须从两端推寻出来。这样看来，中国的伦理也是脱胎于均齐之观念的，所以可说是均齐的伦理。

C.《易》曰："以制器者尚其象。"种种器物原来不过是前述的"意象"底具体的仿本。艺术就广义而言，本概括一切人为之物，所谓"器"者是也。我们知道均齐的美在中国艺术品中表现得最圆满。这个无非因为均齐底观念浸透了中国人底脑筋。举一个最寻常的例。走进随便一个人家庭堂上去，总可看见那里的桌椅字画同一切供设的器物总是摆得齐齐整整地，左边一个，右边一个，毫不紊乱；而且这些器物又多半是正方形的。更大的像房屋亭阁底布置同形体也都是这样的。所以我在前边说中国建筑同诗最能代表均齐之质。再看中国字底形体又是方的，而均齐者几居三分之二。在篆文里这种原质尤为显明，如：

其在文学，律诗正是这个均齐底观念的造型。至于律诗之体制，在形式上、在意义上，何以无一部分不合均齐底原理，则已具论在前。还有律诗于均齐中复含有变异之一点，亦已散见于上文，今皆不赘述。

综观上述，均齐是中国的哲学、伦理、艺术底天然的色彩，而律诗则为这个原质底结晶，此其足以代表中华民族者一也。

第三节 浑 括

中国幅员广大，兼占寒温热三带，形形色色的财产，无不毕备。众族杂处，其风俗语言，虽各各不同，然亦非过于殊悬以演成水火不相容之局。在全体上他们是有调和的，但在局部上他们又都能保其个性。譬如一样颜色，或许多颜色混合太过致变为黑色，固然不能成画；但有了许多颜色而各不相调，也是不会美观的。中国的地图是许多相调和的颜色染成的一个Symphony。律诗也是如此的。前面已证明律诗具有紧凑之质。既说紧凑，则其内含之物必多。然律诗不独内含多物，并且这些物又能各相调和而不失个性。如今且将杜甫底《野望》借来剖析证验一番：

西山白雪三城戍，南浦清江万里桥；海内风尘诸弟隔，天涯涕泪一身遥——唯将迟暮供多病，未有涓埃答圣朝。跨马出郊时极目，不堪人事日萧条！

此诗内计所感到者，有兵患，旅愁，怀弟，惜老，愁病，伤遇，凡六事。事事不同，而其钥音Key note则不外篇末"萧条"二字而已。此调和而不失个性之谓也。盖绝句只单记一事一感，则未免单调之病。必能如律诗这样的浑括，然后始能言调和也。此其所以能代表吾中华民族者二也。

第四节 蕴 藉

艺术之于自然，非求抉剔其微琐，一一必肖于真，如摄影者然。盖在摄取其最精华处而以最简单的方法表现之。此所谓提示法也。局面既窄，而含意欲多，是则不能无赖于提示也。提示则有蕴藉。蕴藉者"不着一字，尽得风流"之谓欤。律诗底句法每为骈列数字，其间相互的关系，须读者自揣，故自表面观之，不识者或以为无意识也。不知此正其品格之高处也。此可以印象派之画理解释之，兹不细论。尝谓新体诗——白话诗——之所以不及旧诗处，此为大端。然则何以知蕴藉之质之合于中国国民性哉？此亦不待烦言而自解。吾人皆知中国人尚直觉而轻经验。尚直觉故其思想，制度，动作，每在理智底眼光里为可解不可解之间，此所谓神秘者是也。律诗之蕴藉之质正为此种性质之表现。王渔洋所创的"神韵"之说，严沧浪所谓"不涉理路，不落言诠"、"香象渡河，羚羊挂角"者，显为但凭直觉之谓也。此律诗之足以代表吾中华民族者三也。

第五节 圆 满

圆满底感觉是美底必要的条件。圆满则觉稳固，稳固则生永久底感觉，然后安心生而快感起矣。韩惕（Holman Hunt）与艾谋生（Emerson）之论诗皆以圆形比之。韩曰："美之圈。"艾曰："诗人……赍汝以堆积之彩如虹霓之泡，透明，涵虚而圆如地球……"阿尔敦（Alden）谓此与Perfection之观念实相连属。不知其与中文之"圆满"之词更相吻合，是亦可谓巧矣。凡律诗之组织，音节（在目为"圆满"，在耳为节奏，此亦阿尔敦之论），无不合圆满之义者。观在对偶平仄诸部分可谓至美尽善，无以复加。第观其对偶之工整，平仄之妥洽，便足起人快感；固不待其他部分之帮衬也。然律诗中此质亦非偶然，盖亦我国民族性之表现焉。我国地大物博，独据一洲。在形势上东南环海，西北枕山，成一天然的单位；在物产上，动植矿产备具，不须仰给于人而自赡饱。故吾人尝存满足观念；吾人之人生观则为保守主义，盖自谓生活底享乐，吾已尽有十分，无可复求者矣。我国又尝自称"中国"，以为天下文化尽在于此；四境之外，无美无善，不足论也。律诗之各部分之名称曰首，曰尾，曰颈联，曰腹联，又曰韵脚，曰诗眼，曰篇脉。是则古人默此之为一完全之动物矣。盖最圆满之诗体莫律诗若。无论以具体的格势论，或以抽象的意味论，律诗于质则为一天然的单位，于数为"百分之百"（hundred per cent），于形则为三百六十度之圆形，于义则为理想，乌托邦的理想Utopian ideal。此其所以能代表吾中华民族者四也。

观此四端，以律诗为中国艺术之代表亦宜矣。然此不过其荦荦大者，此外尚有次等的特质如调和，适变等，均不及细论，仅一提及之已足耳。

第六节 兼有底作用

律体还有古诗、绝句、乐府之作用。此语初听，颇似不经。

请研究之。律诗之所以别于古诗者，队仗与平仄也。然古诗竟有时亦使队仗第不协平仄耳。试问下列五言七言各两篇，究有何分别？

中散不偶世，本自餐霞人——形解验默仙，吐论知凝神；立俗迕流议，寻山洽隐沦。鸾翮有时铩，龙性谁能驯！

——颜延之

将军胆气雄，臂悬两角弓；缠结青骢马，出入锦城中。时危未授铖,势屈难为功。宾客满堂上,何人高义同!

——杜甫

促柱繁弦非子夜,歌声舞态异前溪;御史府中何处宿?洛阳城头那得栖?弹琴蜀郡卓家女,织锦秦川窦氏妻。讵不自惊长泪落——到头啼乌恒夜啼?

——庾信

城尖径仄旌旆愁,独立缥缈之飞楼——峡坼云霾龙虎卧,江清日抱鼋鼍游;扶桑西枝对断石,弱水东影随长流。枝藜叹世者谁子,泣血迸空回白头?

——杜甫

律诗有时绝似两首绝句并合而成者,其间断疆分域之处,历历可指。若将王维的《送梓州李使君》五律分作两段写,殆无人看得出是一首律诗:

万壑树参天,千山响杜鹃;山中一夜雨,树杪百重泉。汉女输橦布,巴人讼芋田;文翁翻教授,不敢倚先贤?

七言如杜甫的《蜀相》亦然:

丞相祠堂何处寻?锦官城外柏森森——映阶碧草自春色,隔叶黄鹂空好音!三顾频烦天下计,两朝开济老臣心——出师未捷身先死,长使英雄泪满襟。

至于乐府与非乐府之别,只在前者能入乐谱,后者不能。只要音调谐适,不论古体近体,都可为乐府。律诗也有入乐府的,如沈佺期的《独不见》便是:

卢家少妇郁金香，海燕双栖玳瑁梁——九月寒砧催木叶，十年征戍忆辽阳；白狼河北音书断，丹凤城南秋夜长：谁为含愁独不见？更教明月照流黄！

由上以观，律诗兼有古诗、绝句、乐府之作用，不其然乎？

第七节　律诗底价值

今之欲研究中国旧诗者，辄不知从何处下手，且绝无有统绪而且可靠的作指南的著作。余则谓须从律诗下手。一、因律诗为中国诗独有之体裁。以中诗之全数与西诗之全数相减，他种诗都相抵消，其余数则为律诗。故研究中国诗者若不着手于律诗，直等于没有研究中国诗。二、因律诗能代表中国艺术的特质，研究了律诗，中国诗底真精神，便探见着了。三、因律诗兼有古诗、绝句、乐府底作用。学者万一要遍窥中国诗底各种体裁，研究了律诗，其余的也可以知其梗概。如今做新诗的莫不痛诋旧诗之缚束，而其指摘律诗，则尤体无完肤。唉！桀犬吠尧，一唱百和，是岂得为知言哉？若问处于今世，律诗当仿作否，是诚不易为答。若因其不宜仿作，便束之高阁，不予研究，则又因噎废食之类耳。夫文学诚当因时代以变体；且处此二十世纪，文学尤当含有世界底气味；故今之参借西法以改革诗体者，吾不得不许为卓见。但改来改去，你总是改革，不是摒弃中诗而代以西诗。所以当改者则改之，其当存之中国艺术之特质则不可没。今之新诗体格气味日西，如《女神》之艺术吾诚当见之五体投地；然谓为输入西方艺术以为创倡中国新诗之资料则不可，认为正式的新体中国诗，则未敢附和。盖郭君特西人而中语耳。不知者或将疑其作为译品。为郭君计，当细读律诗，取其不见于西诗中之原质，即中国艺术之特质，以熔入其作品中，然后吾必其结果必更大有可观者。且蔡孑民先生曾把旧文学比作篆籀；习用行楷时，篆籀仍未全废，以其为一种美术品也；新文学兴后，旧文学亦可并存，正坐此故。以此推之，则律诗亦未尝不可偶尔为之。无论如何，律诗之艺术的价值，历万代而不泯也。创作家纵畏难却步，不敢尝试；律诗之当永为鉴赏家之至宝，则万无疑义。

第七章　排　律

唐人自六韵至百韵皆曰律诗。自高秉《唐诗品汇》因元微之李杜优劣论"铺陈终始，排比声律"之语，遂创"排律"之名。沈约《八咏诗》已全是五律，唯七八两句失粘耳。阴铿《安乐宫》诗则完全五言排律矣：

　　新宫实壮哉！云里望楼台——迢递翔鹍仰，联翩贺燕来；重檐寒雾宿，丹井夏莲开，砌石披新井，雕梁画早梅。欲知安乐盛，歌管杂尘埃。

薛道衡《昔昔盐》亦五排滥觞也：

　　垂柳覆金堤，蘼芜叶复齐，水溢芙蓉沼，花飞桃李蹊。采桑秦氏女，织锦窦家妻，关山别荡子，风月守空闺；常敛千金笑，长垂双玉啼；盘龙随镜隐，彩凤逐帷低，飞魂同夜鹊，倦寝忆晨鸡，暗牖悬蛛网，空梁落燕泥。前年过代北，今岁往辽西；一去无消息，谁能惜马蹄！

至于蔡孚的《打球篇》则又七言排律底先声了：

> 德阳宫北苑东陲，云作高台月作楼，金绁玉莹千金地，宝仗绸纹七宝毬。窦融一家尚三主，梁冀频封万户侯；容色从未荷恩顾，意气平生事侠游；共道用兵如断蔗，俱能走马入长楸。红鬣锦环风骤骥，黄络青丝电紫骝，奔星乱下花场里，初月飞来画仗头。自有长鸣须决胜，能驰骏足满先筹——曹五漫说弹棋妙，剧孟休矜六博投——薄暮汉宫愉乐罢，还归尧室绕垂旒。

以艺术而论，排律远不如正律了。正律有平仄对仗，不多不少，恰到好处，排律便滥了。正律虽短，音响圆转，只用一韵，而不觉其平滑；排律体长，又不能换韵，则成单调，听来只觉令人昏睡。正律八句，排句散句各半；排律则排多于散，甚至数十倍者，故又生单调之弊。正律排律所共有的两个美质，排律都滥用了，以致变美为丑；其余的正律底美质如浑括、蕴藉、紧凑等，排律都没有了。还有古诗底拖泥带水，刺刺不休底毛病，排律又兼而有之。自来诗中排律底价值极低；照此看来，询不诬也。

参考书目

古诗源	清·沈德潜
文选	梁·昭明太子
文心雕龙	梁·刘勰
十八家诗钞	清·曾国藩
瓯北诗话	清·赵翼
然镫记闻	清·王士禛

律诗定体	清·王士祯
声调谱	清·赵翼
谈龙录	清·赵翼
国学小史	梁启超
中国哲学史大纲	胡适
东西文化及其哲学	梁漱溟
诗学纂闻	清·汪师韩
漫堂诗话	清·宋荦
策学备纂	沈祖燕　吴颖炎
唐诗鼓吹	金·郝天挺
释名	汉·刘熙
石林诗话	宋·叶梦得
昌黎全集	唐·韩愈
六一诗话	宋·欧阳修

诗的格律

一

假定"游戏本能说"能够充分的解释艺术的起源，我们尽可以拿下棋来比做诗；棋不能废除规矩，诗也就不能废除格律。（格律在这里是form的意思。"格律"两个字最近含着了一点坏的意思；但是直译form为形体或格式也不妥当。并且我们若是想起form和节奏是一种东西，便觉得form译作格律是没有什么不妥的了。）假如你拿起棋子来乱摆布一气，完全不依据下棋的规矩进行，看你能不能得到什么趣味？游戏的趣味是要在一种规定的条律之内出奇致胜。做诗的趣味也是一样的。假如诗可以不要格律，做诗岂不比下棋、打球、打麻将还容易些吗？难怪这年头儿的新诗"比雨后的春笋还多些"。我知道这些话准有人不愿意听。但是Bliss Perry教授的话来得更古板。他说"差不多没有诗人承认他们真正给格律缚束住了。他们乐意带着脚镣跳舞，并且要带别个诗人的脚镣"。

这一段话传出来，我又断定许多人会跳起来，喊着"就算它是诗，我不做了行不行？"老实说，我个人的意思以为这种人就不做诗也可以，反正他不打算来带脚镣，他的诗也就做不到怎样高明的地方去。杜工部有一句经验语很值得我们揣摩的，"老去渐于诗律细。"

诗国里的革命家喊道"皈返自然！"他们以为有了这四个字，便师出有名了。其实他们要知道自然界的格律，虽然有些像蛛丝马迹，但是依然可以找得出来。不过自然界的格律不圆满的时候多，所以必须艺术来补充它。这样讲来，绝对的写实主义便是艺术的破产。"自然的终点便是艺术的起点"，王尔德说得很对。自然并不尽是美的。自然中有美的时候，是自然类似艺术的时候。最好拿造型艺术来证明这一点。我们常常称赞美的山水，讲它可以入画。的确中国人认为美的山水，是以像不像中国的山水画做标准的。欧洲文艺复兴以前所认为女性的美，从当时的绘画里可以证明，同现代的女性美的观念完全不合；但是现代的观念又同希腊的雕像所表现的女性美相符了。这是因为希腊雕像的出土，促成了文艺复兴，文艺复兴以来，艺术家描写美人，都拿希腊的雕像做蓝本，因此便改造了欧洲人的女性美的观念。我在赵瓯北的一首诗里发现了同类的见解。

绝似盆池聚碧屏，嵌空石笋满江湾。
化工也爱翻新样，反把真山学假山。

这径直是讲自然在模仿艺术了。自然界当然不是绝对没有美的。自然界里面也可以发现出美来，不过那是偶然的事。偶然在言语里发现了一点类似诗的节奏，便说言语就是诗，便要打破诗的音节，要它变得和言语一样——这真是诗的自杀政策了。（注意我并不反对用土白做诗，我并且相信土白是我们新诗的领域里一块非常肥沃的土壤，理由等将来再仔细的讨论。我们现在要注意的只是土白可以"做"诗；这"做"字便说明了土白须要经过一番锻炼选择的工作然后才能成诗。）诗的所以能激发情感，完全在它的节奏；节奏便是格律。莎士比亚的诗剧里往往遇见情绪紧张到万分的时候，便用韵语来描写。歌德作《浮士德》也曾采用同类的手段，在他致席勒的信里并且提到了这一层。韩昌黎"得窄韵则不复傍出，而因难见巧，愈险愈奇……"这样看来，恐怕越有魄力的作家，越是要带着脚镣跳舞才跳得痛快、跳得好。只有不会跳舞的才怪脚镣碍事。只有不会作诗的才感觉得格律的缚束。对于不会作诗的，格律是表现的障碍物；对于一个作家，格律便成了表现的利器。

又有一种打着浪漫主义的旗帜来向格律下攻击令的人。对于这种人，我只要告诉他们一件事实。如果他们要像现在这样的讲什么浪漫主义，就等于承认他们没有创造文艺的诚意。因为，照他们的成绩看来，他们压根儿就没有注意到文艺的本身，他们的目的只在披露他们自己的原形。顾影自怜的青年们一个个都以为自身的人格是再美没有的，只要把这个赤裸裸的和盘托出，便是艺术的大成功了。你没有听见他们天天唱道"自我的表现"吗？他们确乎只认识了文艺的原料，没有认识那将原料变成文艺所必需的工具。他们用了文字作表现的工具，不过是偶然的事。他们最称心的工作是把所谓"自我"披露出来，是让世界知道"我"也是一个多才多艺，善病工愁的少年；并且在文艺的镜子里照见自己那倜傥的风姿，还带着几滴多情的眼泪，啊！啊！那是多么有趣的事！多么浪漫！不错，他们所谓浪漫主义，正浪漫在这一点上，和文艺的派别绝不发生关系。这种人的目的既不在文艺，当然要他们遵从诗的格律来作诗，是绝对办不到的；因为有了格律的范围，他们的诗就根本写不出来了，那岂不失了他们那"风流自赏"的本旨吗？所以严格一点讲起来，这一种伪浪漫派的作品，当它作把戏看可以，当它作西洋镜看也可以，但是万不能当它作诗看。格律不格律，因此就谈不上了。让他们来反对格律，也就没有辩驳的价值了。

上面已经讲了格律就是form。试问取消了form，还有没有艺术？上面又讲到格律就是节奏。讲到这一层更可以明了格律的重要；因为世上只有节奏比较简单的散文，决不能有没有节奏的诗。本来诗一向就没有脱离过格律或节奏。这是没有人怀疑过的天经地义。如今却什么天经地义也得有证明才能成立？是不是？但是为什么闹到这种地步呢——人人都相信诗可以废除格律？也许是"安拉基"精神，也许是好时髦的心理，也许是偷懒的心理，也许是藏拙的心理，也许是……那我可不知道了。

二

前面已经稍稍讲了讲诗为什么不当废除格律。现在可以将格律的原质分析一下了。从表面上看来，格律可从两方面讲：（一）属于视觉方面的，（二）属于听觉方面的。这两类其实不当分开来讲，因为它们是息息相关的。譬如属于视觉方面的格律有节的匀称，有句的均齐。属于听觉方面的有格式，有音尺，有平仄，有韵脚；但是没有格式，也就没有节的匀称，没有音尺，也就没有句的均齐。

关于格式、音尺、平仄、韵脚等问题，本刊上已经有饶孟侃先生论新诗的音节的两篇文章讨论得很精细了。不过他所讨论的是从听觉方面着眼的。至于视觉方面的两个问题，他却没有提到。当然视觉方面的问题比较占次要的位置。但是在我们中国的文学里，尤其不当忽略视觉一层，因为我们的文字是象形的，我们中国人鉴赏文艺的时候，至少有一半的印象是要靠眼睛来传达的。原来文学本是占时间又占空间的一种艺术。既然占了空间，却又不能在视觉上引起一种具体的印象——这本是欧洲文字的一个缺憾。我们的文字有了引起这种印象的可能，如果我们不去利用它，真是可惜了。所以新诗采用了西文诗分行写的办法，的确是很有关系的一件事。姑无论开端的人是有意的还是无心的，我们都应该感谢他。因为这一来，我们才觉悟了诗的实力不独包括音乐的美（音节），绘画的美（词藻），并且还有建筑的美（节的匀称和句的均齐）。这一来，诗的实力上又添了一支生力军，诗的声势更加浩大了。所以如果有人要问新诗的特点是什么，我们应该回答他：增加了一种建筑美的可能性是新诗的特点之一。

近来似乎有不少的人对于节的匀称和句的均齐表示怀疑，以为这是复古的象征。做古人的真倒霉，尤其做中华民国的古人！你想这事怪不怪？做孔子的如今不但"圣人"、"夫子"的徽号闹掉了，连他自己的名号也都给褫夺了，如今只有人叫他作"老二"；但是耶稣依然是耶稣基督，苏格拉底依然是苏格拉底。你作诗摹仿十四行体是可以的，但是你得十二分的小心，不要把它作得像律诗了。我真不知道律诗为什么这样可恶，这样卑贱！何况用语体文写诗写到同律诗一样，是不是可能的？并且现在把节作到匀称了，句作到均齐了，这就算是律诗吗？

诚然，律诗也是具有建筑美的一种格式；但是同新诗里的建筑美的可能性比起来，可差得多了。律诗永远只有一个格式，但是新诗的格式是层出不穷的。这是律诗与新诗不同的第一点。作律诗，无论你的题材是什么、意境是什么，你非得把它挤进这一种规定的格式里去不可，仿佛不拘是男人、女人、大人、小孩儿，非得穿一种样式的衣服不可。但是新诗的格式是量体裁衣。例如《采莲曲》的格式决不能用来写《昭君出塞》，《铁道行》的格式决不能用来写《最后的坚决》，《三月十八日》的格式决不能用来写《寻找》。在这几首诗里面，谁能指出一首内容与格式，或精神与形体不调和的诗来，我倒愿意听听他的理由。试问这种精神与形体调和的美，在那印板式的律诗里找得出来吗？在那乱杂无章、参差不齐、信手拈来的自由诗里找得出来吗？

律诗的格律与内容不发生关系，新诗的格式是根据内容的精神制造成的。这是它们不同的第二点。律诗的格式是别人替我们定的，新诗的格式可以由我们自己的意匠来随时构造。这是它们不同的第三点。有了这三个不同之点，我们应该知道新诗的这种格式是复古还是创新，是进步还是退化。

现在有一种格式：四行成一节，每句的字数都是一样多。这种格式似乎用得很普遍。尤其是那字数整齐的句子，看起来好像刀子切的一般，在看惯了参差不齐的自由诗的人，特别觉得有点希奇。他们觉得把句子切得那样整齐，该是多么麻烦的工作。他们又想到作诗要是那样的麻烦，诗人的灵感不完全毁坏了吗？灵感毁了，还哪里去找诗呢？不错，灵感毁了，诗也毁了。但是字句锻炼得整齐，实在不是一件难事；

灵感决不致因为这个就会受了损失。我曾经问过现在常用整齐的句法的几个作者，他们都这样讲；他们都承认若是他们的哪一首诗没有做好，只应该归罪于他们还没有把这种格式用熟；这种格式的本身不负丝毫的责任。我们最好举两个例来对照着看一看，一个例是句法不整齐的；一个是整齐的，看整齐与凌乱的句法和音节的美丑有关系没有——

  我愿透着寂静的朦胧，薄淡的浮纱，
   细听着淅淅的细雨寂寂的在檐上，激打遥对着远远吹来的
空虚中的嘘叹的声音，
   意识着一片一片的坠下的轻轻的白色的落花。

  说到这儿，门外忽然风响，
  老人的脸上也改了模样；
  孩子们惊望着他的脸色，
  他也惊望着炭火的红光。

到底哪一个的音节好些——是句法整齐的，还是不整齐？更彻底的讲来，句法整齐不但于音节没有妨碍，而且可以促成音节的调和。这话讲出来，又有人不肯承认了。我们就拿前面的例证分析一遍，看整齐的句法同调和的音节是不是一件事。

  孩子们｜惊望着｜他的｜脸色
  他也｜惊望着｜炭火的｜红光

这里每行都可以分成四个音尺，每行有两个"三字尺"（三个字构成的音尺之简称，以后仿此）和两个"二字尺"，音尺排列的次序是不规则的，但是每行必须还他两个"三字尺"两个"二字尺"的总数。这样写来，音节一定铿锵，同时字数也就整齐了。所以整齐的字句是调和

的音节必然产生出来的现象。绝对的调和音节，字句必定整齐。（但是反过来讲，字数整齐了，音节不一定就会调和，那是因为只有字数的整齐，没有顾到音尺的整齐——这种的整齐是死气白赖的硬嵌上去的一个整齐的框子，不是充实的内容产生出来的天然的整齐的轮廓。）

这样讲来，字数整齐的关系可大了，因为从这一点表面上的形式，可以证明诗的内在的精神——节奏的存在与否。如果读者还以为前面的证例不够，可以用同样的方法分析我的《死水》。

这首诗从第一行

这是｜一沟｜绝望的｜死水

起，以后每一行都是用三个"二字尺"和一个"三字尺"构成的，所以每行的字数也是一样多。结果，我觉得这首诗是我第一次在音节上最满意的试验。因为近来有许多朋友怀疑到《死水》这一类麻将牌式的格式，所以我今天就顺便把它说明一下。我希望读者注意，新诗的音节，从前面所分析的看来，确乎已经有了一种具体的方式可寻。这种音节的方式发现以后，我断言新诗不久定要走进一个新的建设的时期了。无论如何，我们应该承认这在新诗的历史里是一个轩然大波。这一个大波的动荡是进步还是退化，不久也就自然有了定论。

诗与批评

什么是诗呢？我们谁能大胆地说出什么是诗呢？我们谁敢大胆地决定什么是诗呢？不能！有多少人是曾对于诗发表过意见，但那意见不一定合理的，不一定是真理；那是一种个人的偏见，因为是偏见，所以不一定是对的。但是，我们怎样决定诗是什么呢？我以为，来测度诗的不是偏见，应该是批评。

对于"什么是诗"的问题，有两种对立的主张：

有一种人以为："诗是不负责的宣传。"

另一种人以为："诗是美的语言。"

我们念了一篇诗，一定不会是白念的，只要是好诗，我们念过之后就受了他的影响：诗人在作品中对于人生的看法影响我们，对于人生的态度影响我们，我们就是接受了他的宣传。诗人用了文字的魔力来征服他的读者，先用了这种文字的魅力使读者自然地沉醉，自然地受了催眠，然后便自自然然地接受了诗人的意见，接受了他的宣传。这个宣传是有如何的效果呢？诗人不问这个，因为他的宣传是不负责的宣传。诗人在作品里所表示的意见是可靠的吗？这是不一定的，诗人有他自己的偏见，偏见是不一定对的。好些人把诗人比做疯子，疯子的意见怎么能是真理呢？实在，好些诗人写下了他的诗篇，他并不想到有什么效果，他并不为了效果而写诗，他并不为了宣传而写诗，他是为写诗而写诗的；因之，他的诗就是一种不负责的东西了，不负责的东西是好的吗？这是一个很重要的问题，所以，第一种主张就侧重在这种宣传的效果方面，我想，这是一种对于诗的价值论者。

好些人念一篇诗时是不理会它的价值的，他只吟味于词句的安排，惊喜于韵律的美妙：完全折服于文字与技巧中。这种人往往以为他的态度仅止于欣赏，仅止于享受而已，他是为念诗而念诗。其实这是不可能的事，在文字与技巧的魅力上，你并不只享受于那份艺术的功力，你会被征服于不知不觉中，你会不知不觉的为诗人所影响，所迷惑。对于这种不顾价值，而只求感受舒适的人，我想他们是对于诗的效率论者。

这两种态度都不是对的。因为单独的价值论或是效率论都不是真理。我以为，从批评诗的正确的态度上说，是应该二者兼顾的。

柏拉图在他的《理想国》中赶走了诗人，因为他不满意诗人。他是一个极端的价值论者，他不满意于诗人的不负责的宣传。一篇诗作是以如何残忍的方式去征服一个读者。诗篇先以美的颜面去迷惑了一个读者，叫他沉迷于字面、音韵、旋律，叫他为了这些而奉献了自己，然而又以诗人的偏见生生烙印在读者的灵魂与感情上。然而这是一个如何残酷的烙印。——不负责的宣传已是诗的顶大的罪名了，我们很难有法子让诗人对于他的宣传负责，（诗人是否能负责又是一个问题。）这样一来，为了防范这种不负责的宣传，我们是不是可以不要诗了呢？不行，我们觉得诗是非要不可，诗非存在不可的。既然这样，所以我们要求诗是"负责的宣传"。我们要求诗人对他的作品负责，但这也许是不容易的事，因之，我们想得用一点外力，我们以社会使诗人负责。

负责的问题成为最重要的了，我们为了诗的光荣存在而辩护，所以不能不要求诗的宣传作用是负责的，是有利益于社会的。我们想，若是要知道这宣传是否负责而用新闻检查的方式，实在是可笑的，我们不能用检查去了解，我们要用批评去了解；目前的诗著是可用检查的方法限制的，但这限制至少对于古人是无用的；而且事实上有谁会想出这种类似焚书坑儒的事来折磨我们的诗人呢？我想应该不会。在苏联和也许别的些个什么国家用一种方法叫诗人负责，方法很简单，就是拉着诗人的鼻子走，如同牵牛一样，政府派诗人作负责的诗，一个纪念，叫诗人作诗，一个建筑落成，叫诗人作诗，这样好些"诗"是给写出来了，但结果，在这种方式下产生出来的作品，只是宣传品而不是诗了，既不是诗，宣传的力量也就小了或甚至没有了，最后，这些东西既不是诗又不是宣传品，则什么都不是了，我们知道马雅可夫斯基写过诗，也写过宣传品，后来他自杀了，谁知道他为什么自杀呢？所以我想，拉着诗人的鼻子走的方式并不是好的方式。

政府是可以指导思想的。但叫诗人负责，这不是政府做得到的；上边我说，我们需要一点外力，这外力不是发自政府，而是发自社会。我觉得去测度诗的是否为负责的宣传的任务不是检查所的先生们完成得了的，这个任务，应该交给批评家。

每个诗人都有他独特的性格、作风、意见与态度，这些东西会表现在作品里。一个读者要只单选上一位诗人的东西读，也许不是有益而且是有害的，因为，我们无法担保这个诗人是完全对的，我们一定要受他影响，若他的东西有了毒，是则我们就中毒了。鸡蛋是一种良好的食品，既滋补而又可口，但据说多吃了是有毒的，所以我们不能天天只吃鸡蛋，我们要吃些别的东西。读诗也一样，我觉得无妨多读，从庞乱中，可以提取养料来补自己，我们可以读李白、杜甫、陶潜、李商隐、莎士比亚、但丁、雪莱，甚至其他的一切诗人的东西，好些作品混在一起，有毒的部分抵消了，留下滋养的成分；不负责的部分没有了，留下负责的成分。因为，我们知道凡是能够永远流传下去的东西差不多可以说是好的，时间和读者会无情地淘汰坏的作品。我以为我们可以有一个可靠的选本，让批评家精密地为各种不同的人选出适于他们的选本，这位批评家是应该懂得人生、懂得诗、懂得什么是效率、懂得什么是价值的这样一个人。

我以为诗是应该自由发展的。什么形式什么内容的诗我们都要。我们设想我们的选本是一个治病的药方，那么，里边可以有李白，有杜甫,有陶渊明,有苏东坡,有歌德,有济慈,有莎士比亚;我们可以假想李白是一味大黄吧,陶渊明是一味甘草吧,他们都有用,我们只要适当的配合起来,这个药方是可以治病的。所以,我们与其去管诗人,叫他负责,我们不如好好地找到一个批评家,批评家不单可以给我们以好诗,而且可以给社会以好诗。

历史是循环的,所以我现在想提到历史来帮助我们了解我们的时代,了解时代赋予诗的意义,了解我们批评诗的态度。封建的时代我们看得出只有社会,没有个人,《诗经》给他们一个证明。《诗经》的时代过去了,个人从社会里边站出来,于是我们发觉《古诗十九首》实在比《诗经》可爱,《楚辞》实在比《诗经》可爱。因为我们自己现在是个人主义社会里的一员,我们所以喜爱那种个人的表现,我们因之觉得《古诗十九首》比《诗经》对我们亲切。《诗经》的时代过去之后,个人主义社会的趋势已经非常明显了。而且实实在在就果然进到了个人主义社会。这时候只有个人,没有社会。个人是沉湎于自己的享乐,忘记社会,个人是觅求"效率"以增加自己愉悦的感受,忘记自己以外的人群。陶渊明时代有多少人过极端苦难的日子,但他不管,他为他自己写下他闲逸的诗篇。谢灵运一样忘记社会,为自己的愉悦而玩弄文字——当我们想到那时别人的苦难,想着那幅流民图,我们实实在在觉得陶渊明与谢灵运之流是多么无心肝,多么该死——这是个人主义发展到极端了,到了极端,即是宣布了个人主义的崩溃、灭亡。杜甫出来了,他的笔触到广大的社会与人群,他为了这个社会与人群而同其欢乐,同其悲苦,他为社会与人群而振呼。杜甫之后有了白居易,白居易不单是把笔濡染着社会,而且他为当前的事物提出他的主张与见解。诗人从个人的圈子走出来,从小我而走向大我。《诗经》时代只有社会,没有个人,再进而只有个人没有社会,进到这时候,已经是成为了个人社会(Individual society)了。

到这里,我应提出我是重视诗的社会的价值了。我以为不久的将来,我们的社会一定会发展成为Society of Individual, Individual for Society

（社会属于个人，个人为了社会）的。诗是与时代同其呼吸的，所以，我们时代不单要用效率论来批评诗，而更重要的是以价值论诗了，因为加在我们身上的将是一个新时代。

　　诗是要对社会负责了，所以我们需要批评。《诗经》时代何以没有批评呢？因为，那些作品都是负责的，那些作品没有"效率"，但有"价值"，而且全是"教育的价值"，所以不用批评了。（自然，一篇实在没有价值的东西也可以"说"得出价值来的，对这事我们可以不必论及了。）个人主义时代也不要批评，因为诗就只是给自己享受享受而已，反正大家标准一样，批评是多余的；那时候不论价值，因为效率就是价值。（诗话一类的书就只在谈效率，全不能算是批评。）但今天，我们需要批评，而且需要正确而健康的批评。

　　春秋时代是一个相当美好的时代，那时候政治上保持一种均势。孔子删诗，孔子对于诗作过最好的、最合理的批评。在《左传》上关于诗的批评我认为是对的；孔子注重诗的社会价值。自然，正确的批评是应该兼顾到效率与价值的。

　　从目前的情形看，一般都只讲求效率了，而忽视了价值，所以我要大声疾呼请大家留心价值。有人以为着重价值就会忽略了效率，就会抹煞了效率，我以为不会，这种担心是多余的。我们不要以为效率会被抹煞，只要看看普遍的情形，我们不是还叫读诗叫欣赏诗吗？我们不是还很重视于字句声律这些东西吗？社会价值是重要的，我们要诗成为"负责的宣传"，就非得着重价值不可，因为价值实在是被"忽视"了。

　　诗是社会的产物。若不是于社会有用的工具，社会是不要它的。诗人掘发出了这原料，让批评家把它做成工具，交给社会广大的人群去消化。所以原料是不怕多的，我们什么诗人都要，什么样诗都要，只要制造工具的人技术高、技术精。

　　我以为诗人有等级的，我们假设说如同别的东西一样分做一等二等三等，那么杜甫应该是一等的，因为他的诗博、大。有人说黄山谷、韩昌黎、李义山等都是从杜甫来的，那么，杜甫是包罗了这么多"资源"，而这些资源大部是优良的美好的，你只念杜甫，你不会中毒；你只念李义山就糟了，你会中毒的，所以李义山只是二等诗人了。陶渊明的诗是美的，我以为他诗里的资源是类乎珍宝一样的东西，美丽而不有用，是则陶渊明应在杜甫之下。

所以，我们需要懂得人生，懂得诗，懂得什么是效率，懂得什么是价值的批评家为我们制造工具，编制选本。但是，谁是批评家呢？我不知道。